닭장 일기

바닷가 시골 마을 수녀들의 폭소만발 닭장 드라마

닭장 일기

초판 1쇄 발행 2021년 7월 22일
초판 2쇄 발행 2022년 5월 27일

지은이 최명순 필립네리 수녀
일러스트 지은

발행인 백유미 조영석

발행처 (주)라온아시아
주소 서울특별시 서초구 효령로 34길 4, 프린스효령빌딩 5F

등록 2016년 7월 5일 제 2016-000141호
전화 070-7600-8230 **팩스** 070-4754-2473

값 15,000원
ISBN 979-11-91283-70-9 (03810)

※ 라온북은 (주)라온아시아의 퍼스널 브랜드입니다.

※ 잘못된 책은 구입하신 서점에서 바꾸어 드립니다.

라온북은 독자 여러분의 소중한 원고를 기다리고 있습니다. (raonbook@raonasia.co.kr)

닭장 일기

바닷가 시골 마을 수녀들의 폭소만발 닭장 드라마

최명순 필립네리 수녀 지음

RAON BOOK

추천의 글

2020년 3월 19일, 이 책의 저자인 최명순 필립네리 수녀님께서 진동 요셉의 집 자문단으로 위촉한 요셉 성인 대축일에 다음 카페를 통해 시작한 '닭장 일기'가 벌써 일 년이 넘게 이어지고 있습니다. 그리고 작은 두려움과 설렘 속에서 시작한 새 소임에서 창조주 하느님을 만나고, 동물 세계, 식물 세계, 인간 세계를 넘나들며 소통하고 계신 수녀님의 소소한 나눔이 책으로 엮어진다니 이 또한 하느님의 섭리라 느껴집니다.

21세기를 살아가는 우리는 많은 도전과 위기에 직면해 있습니다. 물질과 소비가 만능이며 불신과 향락이 주도하는 시대 속에서 많은 사람이 방황하고 있습니다. 이러한 시대적 상황 안에서 예수성심시녀회 수도 공동체는 "작은 일이 천한 것은 아니다."라는 창립자 루이 델랑드 신부님의 가르침에 따라 비록 작아 보이지만 의미 있는 실천을 통해 이 시대의 길을 찾고자 노력해 왔습니다. 우리 인류의 요람인 지구와 화해하고 더불어 삶을 추구하는 생태공동체를 시범 운영하는 사업이 그 노력의 하나였습니다.

'없는 대로, 불편한 대로'의 모토를 사는 '진동 요셉의 집' 생태공동체의 작은 일상 안에서 수녀님은 몸소 묵묵히 '작음'을 실천하고 수행하여 오셨습니다. 그 틈틈이 매일의 단상들을 기록한 이 책은, 수도자와 그리스도교 신자들뿐 아니라 일반인들에게도 담백함 속에서 자연스레 우러나오는 미소, 아름다운 삶이란 거창하거나 먼 곳에 있는 것이 아니라는 것을 새삼 느끼게 해 주리라 믿습니다.

수녀님은 소녀 시절 글을 쓰는 것이 꿈이었습니다. "그 꿈을 접은 지가 수십 년 되었다가 다시 꿈이 꿈틀거리고 나와 날개를 달고" 종심(從心)의 나이에 그 결실을 맛보게 되었으니 소녀의 설렘과 노년의 지혜가 하나 되어 상큼함과 깊은 감동을 전해 줍니다. 진동 시골 마을의 작은 닭장 세계를 바라보며 온 인간사를 통찰하고 있는 수녀님의 일상의 단편들이 지친 이들에게 작은 위로와 쉼이 될 것이며, 자연 안에서 어우러진 소소한 일상의 멜로디가 만들어 내는 공동체의 아름다움은 진정한 의미의 공동체에 대해 새로운 비전을 제시하게 될 것입니다.

모쪼록 이 한 권의 책이 지구를 살리고 생명을 살리는 새 창조 사업의 작은 지주가 되기를 희망합니다.

예수성심시녀회 총원장

곽지숙 마리인덕 수녀

좁은 닭장 안에서도 인간 세상과 같은 이야기가 엮어지고 있다는 것은 놀라운 감동이었다. 희로애락이 펼쳐지는 삶의 이야기를 닭들도 매일 엮어 가고 있다는 사실은 새롭고도 충격적인 깨달음이었다.

다른 하나는, 이처럼 아름다운 이야기를 만들어 갈 수 있는 닭들이 세상 곳곳에서 배터리 케이지 속에 갇혀 사육당하고 있다는 사실이 새삼 충격으로 다가왔다. 한 마리당 배당받는 공간이 A4 용지보다도 좁아 앉을 수도 없고 몸을 옆으로 돌릴 수도 없는 상태에서 그저 주는 사료나 먹고 알이나 낳다가 죽어가는 닭들! 닭들이 지닌 본능, 즉 날개 펴기, 횃대에 오르기, 쪼기, 모래 목욕 등을 철저하게 억압당하다가 풀섶 한번 밟아 보지 못하고 그렇게 죽어가는 닭들을 생각하니 인간이 욕망을 충족하기 위해 무슨 짓을 저지르고 있는지가 갑자기 너무나 분명하게 깨달아졌다.

동물이 행복해야 인간도 행복하다고 했다. 케이지 안의 닭들의 인생은 어쩌면 오늘 우리 삶의 모습을 그대로 반영하고 있는지도 모르겠다.

진동 바닷가 언덕에서 닭들과 개들, 자연과 어우러져 친환경 공동체적 삶을 살아가고 있는 수녀님들의 소소한 일상 이야기는 잔잔한 감동으로 우리 안의 순수한 본성을 일깨워 준다.

단순한 마음으로 닭들과 교감하며 얻은 아름다운 이야기를 솔직하고 담백한 언어로 나누어 주신 최 필립네리 수녀님께 다시 감사드리며, 이 책을 읽는 모든 이가 순수한 본성을 회복하여 사람과 동물, 자연이 함께 어우러진 아름다운 세상을 꿈꾸고 만들어 가는 데 힘을 모았으면 하는 바람이다.

예수성심시녀회 서울관구장

김윤희 이레네 수녀

머리말

어릴 적 시골 면 소재지에서 태어난 나는 문화시설이 충분하지 않은 곳에 살았다. 당시에는 텔레비전도 없던 때였기에 자연히 책을 많이 접하고 지냈다. 나는 가정 형편상 고등학교 공부를 할 수 없게 되었다. 집에 있는 동안 늘 부모님 일을 거들지 않을 때는 온갖 책을 읽었고 또 신문이나 잡지 등을 읽었다. 이로써 나는 두루 지식을 쌓을 수 있었던 것 같다. 지식에 대한 갈증은 늘 원천적으로 내 안에 깔려 있었던 것 같다.

그러다가 인생에 대한 회의가 생기기 시작하였다. 인간이 세상에 태어났다가 반드시 죽음에 이르는데 그냥 이대로 죽고 사라지는 것이 너무 허무하게 생각되었다. 그래서 해가 질 무렵이면 허무감에 가슴이 텅 빈 것 같이 되곤 했다. 사람이 왜 사는지? 깊은 고뇌에 빠졌다. 나는 그때 신앙인이 아니었기에 신의 존재에 대해 잘 몰랐다. 그러다가 죽더라도 그냥 사라지는 삶이 아닌 무엇인가 보람 있는 일을 하여 세상에서 빛이 되는 사람이 되고 싶었다. 그즈

음 본당에 수녀님들이 검은 수도복을 치렁치렁 입고 조용히 지나다니는 것을 보았다. 그리고 의문을 풀기 위해 나 스스로가 성당엘 찾아가서 예비자 교리를 하고 세례를 받았다. 수도회에 입회하기 위해서는 세례 받은 후 3년이 지나야 입회 허가를 받을 수 있었다. 그래서 3년을 기다리는 동안 나는 마음이 변해버렸다. 몇 년 후 다시 내적인 불이 붙어 이젠 누구도 내 앞길을 막을 수 없이 되었다. 1972년 3월 18일 나는 꿈에도 그리던 수녀원에 입회하였다. 수도생활을 하면서 나는 갈망하던 공부도 대학까지 마칠 수 있었음에 수도회와 하느님께 감사한다.

서원 후 미국 휴스턴 한인 성당에서 3년 동안 일했으며, 필리핀에서도 4년 동안 선교사로서 필리핀 수녀들과 함께 지내며 공동체 책임을 하였다. 16년 동안 수도회 행정 일을 하면서 내 마음은 다소 건조한 상태였을 것이다. 그러다가 2020년 2월 12일 이곳 진동으로 소임을 오게 되었다. 무거운 일을 하다가 책임을 놓게 되니 정신적으로 매우 홀가분하니 하루하루가 즐거움이었다. 닭들을 돌보면서 마음의 여유가 생기니 닭장 일기를 쓰게 되었다.

닭장 일기를 쓰면서 카페에 글을 올리게 되었다. 생태 공동체에 대하여 사람들에게 알리려는 목적도 있었고 또 글을 쓰니 삶의 순간순간이 더 뜻깊게 다가왔다. 그러나 내 글을 읽는 사람은 소수의 우리 수녀님들과 소수의 예수성심봉사회원들 그리고 조카 유진과 여동생 명자였다. 나는 이분들에게 감사한다. 특히 우리 총원장 곽 마리인덕 수녀님께서는 많은 지지와 격려를 하셨으며 내 글을 열심히 읽으셨다. 서울관구장 김 이레네 수녀님에게도 감사하다. 수녀님은 내가 닭장 일기를 쓰도록 부추긴 분이시다. 특히 내 글의 심지가 꺼지지 않도록 열심히 댓글을 달아주신 마르시아 자매님과 봉사회원들에게 감사한다. 그리고 무엇보다도 진동 요셉의 집 수녀님들에게 감사한다. 수녀님들은 수도명을 그대로 쓸 수 있도록 허용하셨고 모든 내용의 이야깃거리를 끊임없이 제공해 주셨다. 나 자신은 글을 쓰면서 자신의 부끄러운 점까지 자꾸만 열게 되어 독자들에게 심히 부끄럽게 생각하지만 내 글을 읽으므로 많은 이들이 팍팍한 일상에서 힐링 되는 도움을 드릴 수 있으면 그것으로 보람을 느끼면서 이 책을 내게 되었다.

최명순 필리님네리 수녀

차 례

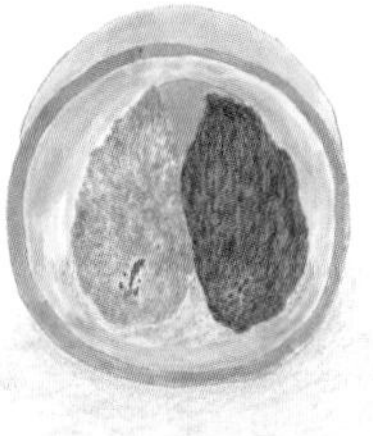

봄

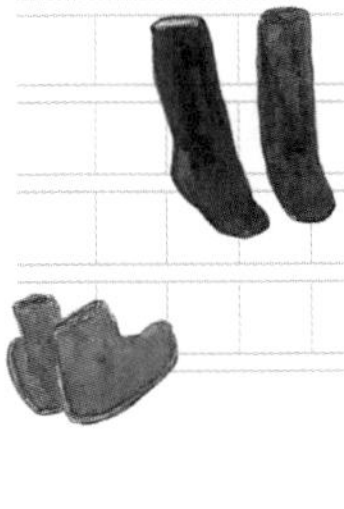

진동에 와서 닭장을 만나다

2020년 2월 12일 수요일 비가 줄줄 오는 날, 나는 최세실리아 수녀님의 배웅을 받으며 짐을 싣고 진동 '요셉의 집'으로 오게 되었다.

긴 수도 여정 중 이제 홀가분하게 무거운 짐을 내려놓고 이곳 진동 대자연 속에 살 수 있는 절호의 기회가 나에게 왔다.

2020. 3. 19. (목)

진동에 내려온 후 나도 닭장을 돌보기 위해 열심히 닭장에 따라다녔다. 아숨다 수녀님의 차례 중 목요일부터 토요일까지 나도 닭장을 돌보기로 했다.

어젯밤 나는 은근히 걱정되었다. 자기 전 예수님께 "주님, 제가 닭들을 잘 돌볼 수 있도록 도와주세요. 닭장 소임은 저에게 햇병아리 같은 첫 경험입니다. 주님께서 저와 함께해 주세요."하고 기도를 드리고 잠을 잤다.

아침에 닭장에 들어가서 손을 높이 들고 축복기도를 하였다. "좋으신 주님, 닭 형제들이 오늘도 건강하게 잘 먹고 잘 지내도록 돌보아 주시고, 달걀을 깨어 먹는 닭들은 그런 짓을 하지 않고 알도 잘 낳고 하루를 무사하게 보내도록 주님 도와주소서. 우리 주 그리스도를 통하여 비나이다, 아멘." 그리고 닭에게 물을 주고, 닭들을 밖으로 내보내서 풀을 뜯어 먹고 흙으로 목욕을 하도록 자유를 주었다. 그리고 닭똥을 치웠다.

모이를 뿌려 주자 밖으로 나갔던 닭들이 우르르 안으로 들어왔다. 수탉 두 마리와 암탉 스물두 마리이다. 수탉은 대장과 서열 두 번째 닭이다. 서열 1번의 회색 닭은 무력으로 2번 닭을 쪽도 못 쓰게 하고 구박이 심했다. 2번 닭이 암탉과 짝짓기를 하려 하면 가차 없이 쪼고 물고 못되게 굴었다. 그 꼴을 보면 내가 "야, 물러나지만 말고 '도전', '도전'을 해" 하면서 늘 응원을 했다.

기운이 빠진 넘버 투가 몹시 초라해 보였다. 대장 닭은 권위가 있어 보이고 멋있게 생겼다. 여러 차례 목을 길게 빼고 '꼬끼오~' 하고 소리를 내질렀다. 그 소리가 '나는 이곳의 제 일인자요.' 하는 것처럼 들렸다.

2020. 3. 21. (토)

아숨다 수녀님께서 "닭장에 가 보세요. 닭장 안이 온통 난리예요. 수탉 두 마리는 온몸이 피투성이예요. 대장 수탉은 기가 죽어서 구석에서 초라하게 웅크리고 섰고 검정 수탉은 활보를 치고 다니는데 닭장 안이 아주 살벌해요." 하셨다. 닭장으로 뛰어올라가 보니, 두 마리의 장닭이 벼슬에서부터 온몸이 온통 피투성이가 되어 있었다. 그리고 전임 대장은 갑자기 초라하기 이를 데 없이 위축되어 매우 부끄러운 듯 숨어 버렸다. 암탉들은 이 상황이 황당한 듯 이리저리 흩어져 다녔다. 동물의 세계는 하루만에 승자와 패자의 자리가 바뀌는 법임을 처음으로 목격한 우리도 적응이 안 되기는 암탉들과 마찬가지이다.

진동분원에 와서 새로운 소임을 받은 나는 이렇게 마음 편하고, 홀가분하고 즐겁고 나날이 새로운데, 전임 대장 닭은 몹시 부끄러워하다니, 나는 슬그머니 웃음이 나왔다.

그것이 인생이다. 마음을 비워라.

2020. 3. 22. (일)

닭장 앞에서 내려다보는 자연 경관은 흐드러지게 핀 꽃들로 장관을 이루었다. 벚꽃, 복숭아꽃, 자두꽃, 개나리꽃, 민들레꽃, 동백꽃, 온갖 풀꽃들로 무릉도원을 이루고 있다. 약간 센 봄바람과 함께 따뜻한 햇볕이 비치는 이 시간 우리는 봄 향기에 취해 있었다.

이때 새 대장이 발성이 안 된 소리로, 그러나 힘차게 '꼬오끼이오옥~' 하고 소리를 지르는데 산책을 하던 다니엘 수녀님과 비아 수녀님이 크크 웃었다. 아마 새벽에 대장으로서 첫 신고식을 하면서 고고의 울음소리를 질렀을 것이다. 그 고성은 대장의 호기로운 특권임을 우리는 알았다. 서열 2인자일 때에 그는 한 번도 '꼬끼오' 소리를 내지 못하고 암탉과 비슷한 소리로 '꼬꼬, 꼬꼬댁' 소리만 냈었다. 이제는 전임 대장이 아무 소리도 내지 못하였다. 아직 충격이 가시지 않은 양, 개집으로 들어가 숨어 버렸다. 닭인데 이렇게 충격이 크다는 것이 놀라웠다. 아마 시간이 지나면 괜찮아질 것이다. 그의 주변에는 더 이상 그가 거느리던 암탉들이 없었다. 배신자같이 암탉들은 자연스럽게 신임 대장 옆에서 그를 따라다녔다. 서로 사이좋게 암탉과 지내며 짝짓기를 해서 네 새끼도, 내 새끼도 키우면 될 텐데 아쉽다는 생각이 들었다. 그러다가 깨달았다.

동물 세계의 '적자생존'은, 힘이 좋고 튼튼한 놈들이 번식을 많이 해야 우량품종의 후손들이 나오기 때문이라는 것을. 인간은 이럴 때 '승자독식'을 한다.

2020. 3. 23. (월)

농사를 짓기 위해서는 닭을 키우는 것이 필수라고 한다. 왜냐하면, 닭똥은 농사를 짓는 데는 '귀하신 몸'이기 때문이다. 닭이 밤사이에 눈 똥은 횃대 밑에 수북하다. 물론 냄새도 장난이 아니다. 그래도 우리 집은 아침, 저녁으로 똥을 치워주기 때문에 그 냄새가 양호한 편이다. 물똥을 치우려면 빗자루 끝에 똥이 묻는다. 마른 똥을 치울 때는 기분이 좋다.

헤르만 수녀님은 똥에 대해 일가견이 있다. 똥을 보면 아주 좋아한다. 땅을 살리는 데 일등 공신이 똥이란다. 물론 소변도 아주 좋은 비료이다. 옛날에 우리 조상들은 이웃집에 놀러 갔다가도 대소변을 보려면 자기 집에 가서 볼일을 마친 다음, 다시 사랑방으로 가서 놀았단다. 우리는 똥을 혐오하지만 실로 똥은 인생의 한 장르를 차지하기에 손색이 없는 존재다. 우리 집에는 똥 예찬가가 두 분이 있다. 소위 '요강'과 비슷한 개념으로 쓰이는 플라스틱 용기를 사용하여 대소변을 보고 모아서 밭으로 가져가서 옥토를 비옥하게 만드는 중요한 일을 하신다. 얼마나 위대하신가! 우리는 아직 '아니올시다'이다. 그 용기(통)를 보는 것도 마음이 선선히 허락지 않는다.

아무튼, 농사일이나 닭을 키우는 일에 가장 시원찮은 사람이 '나'이다. 그래도 음식을 마련하는 일은 가장 재미있고 또 꽤 괜찮은 편이다. 스스로 자기가 요리한 음식에 감탄하고 '일취월장' 한다고 자화자찬한다. 어떻게 보면 꼴불견이고, 다르게 보면 대견스럽다고 할 것이다. 이리하여 이곳에서 살아가는 의미가 쏠쏠하니 삶의 맛이 감미롭다. 오늘 아침에는 밥을 지으면서 예수님을 향하여 '춤'을 선물로 드리기로 하고 내용이 어떻든 혼자 춤을 추었다. CCTV가 없기에 망정이지, 이 나이에 무슨 망신인가! 그러나 주님께서는 기꺼이 받아주시리라 믿는다. 음식이 맛있는 이유가 있다. 나는 혼자 요리를 하지 않는다. 자문단이 계신다. 성모님과 성요셉과 예수님이시다. 얼마나 든든한가!

2020. 3. 24. (화)

동물의 세계에는 승자와 패자의 구분이 선명하다. 저녁 무렵 닭들이 모두 횃대에 올라갔을 때 다니엘 수녀님이 횃대를 보니 2인자가 된 수탉은 암탉 단 두 마리만 옆에 두고 쓸쓸히 한쪽 구석 자리에 있고, 대장이 된 닭은 많은 암탉을 거느리고 당당히 있다고 했다. 나는 내일 저녁에 가서 이들이 어쩌고 있는지 내 눈으로 확인해 보기로 했다.

하기는 우리도 총회 중에 신임 총장이 선출되면 그날로 당장 침실을 바꾸지 않는가! 이번 총회에는 총장님이 재선되는 바람에 침실을 옮기지 않았지만, 사실은 총회 전에 이미 침실정리를 모두 하였었다. 우리는 투표를 하지만 동물들은 힘으로 목숨을 걸고 싸워서 승패가 나는 것이다. '사람'이나 '동물'이나 산다는 건 한 편의 '드라마' 같다. 그런데 그 한 생을 마칠 때까지 살아간다는 것은 피차에 파란만장한 것이다.

밤은 나에게 사색을 요구하고 서서히 깊어간다.

2020. 3. 25. (수)

이곳 진동분원에는 두 마리의 개가 있다. 저녁때가 되면 진동이는 닭장으로 자리를 옮긴다. 밤 동안 닭을 지키기 위한 사명이 주어진다. 진동이에게는 시급이 주어지지 않지만, 밤새 닭장을 지킨다. 그것이 진동이에게는 스트레스가 된 것 같다. 개집 옆에 있는 나무 기둥을 다 물어뜯어서 홀로 밤을 지키는 저항감을 드러냈다.

미미와 성격을 구분해 보면, 미미는 암컷으로 점잖고 우아하고 아름답기까지 하다. 진동이는 수컷으로 촐랑대고 에너지 넘치고 좀 못생겼지만 귀염성이 있다. 낮 동안에는 미미와 진동이는 함께 지낸다. 두 녀석은 매일 산책을 시켜야 하고 변도 보도록 해 주어야 한다. 주로 비아 수녀님과 다니엘 수녀님이 개들을 산책시킨다. 그리고 빗으로 털을 빗겨 주기도 하고 진드기도 잡아 준다.

얼마 전부터 미미는 우리가 저녁 식사를 거의 끝내갈 즈음 담소를 하고 있으면 낑낑거린다. 창문을 열어보면 고개를 위로 하고 창문 쪽을 바라보면서 빨리 끝나고 내려와서 맛있는 것을 달라고 칭얼거린다. 고개를 위로 하고 올려다보는 모양이 여간 귀엽지 않다. 어느 날엔가 다니엘 수녀님이 나에게 물었다.

"수녀님, 미미에게 내 조끼를 입혔어요?"

"아니, 내가 왜? 수녀님 옷을 개에게 입히겠나?"

"닭장에서 나오던 비아 수녀님이 '다니엘 수녀님, 미미가 수녀님 옷을 입고 있어요' 하던데요. 아주 미미 등에 착 들어맞게 입혀져 있었어요."

그래서 수녀님이 이 광경을 보는 순간 바람이 불어서 옷이 날아갔단다. 추측하건대, 아마 나무에 걸어 두었던 옷을 바람이 미미의 등으로 옮겨다 준 모양이다.

미미와 진동이는 병아리와 함께 우리의 화제의 일부가 되었다.

병아리와 그 엄마

2020. 4. 4. (토)

달걀이 병아리로 부화되는 일수가 예정보다 나흘이나 지나고서야 우리는 귀여운 병아리들의 탄생을 보게 되었다. 먼저 두 마리를 헤르만 수녀님이 작은 바구니 안에 넣어 주었다. 나는 그 두 마리를 들고 집으로 뛰었다. 어미 닭은 아직도 많은 알을 품는 중이라 잘못하다가는 병아리에게 문제가 생길까 걱정되어, 일단은 집에서 따뜻하게 보호했다가 어미에게 넣어 주기로 하였다.

병아리를 넣어 놓을 박스에는 왕겨와 물그릇을 마련해 주었다. 너무 추워 보여 비아 수녀님이 왁스를 녹이는 작은 전등에 불을 켜서 넣어 주니 안정감이 있어 보였다. 오후에는 세 마리가 더 늘어서 볼 만하였다. 얼마나 귀여운지 우리들의 정신을 몽땅 빼앗았다. 아무리 보고 있어도 지루하지가 않았다. 삐약거리는 생명체가 신비롭기가 이를 데 없다.

2020. 4. 5. (일)

아침에 일어나서 먼저 병아리가 있는 방으로 가 보았다. 병아리들이 너무 뜨거울까 전등을 꺼 두고 수건과 얇은 이불로 덮어 주었는데 수건을 들추고 들여다보니 병아리들은 추운지 한데 모여서 웅크리고 있었었다. 다시 등을 켜주니 재빠른 녀석들은 뛰어다녔다.

수녀님들은 일어나는 대로 병아리를 보러 왔다가 기도실로 갔다. 삐약거리는 소리가 제법 3층을 가득 채운다. 밖에서 지저귀는 새소리까지 병아리의 삐약거리는 소리와 비슷하여 아름다운 노래같이 들렸다. 이렇게 작은 녀석들도 닭이 하는 짓은 다 하였다. 한쪽 다리를 쭉 뻗고 그 작은 앙증맞은 날개를 폈다가 접었다 번갈아 하였다. 아직은 모이와 물을 잘 먹지 않았다. 사흘 동안은 안 먹어도 문제가 없다고 한다.

아기를 키우는 것같이 손이 많이 간다.

2020. 4. 6. (월)

알을 품고 있는 닭은 모두 다섯 마리이다. 그런데 충실한 엄마도 있고 불성실한 엄마도 있다. 두 단지에서 닭 세 마리가 알을 품고 있는데 한 단지에는 두 마리가 들어가 있다. 그런데 한 단지에는 한 마리가 뒤로 앉아 품고 있다. 그 녀석은 같이 품고 있는 닭이 마음에 안 드는지 가끔은 옆 단지로 갈아타기를 하였다. 처음 얼마 동안에 품고 있는 닭을 들여다보는 것이 미안하여 나는 닭에게 "실례합니다." 하면서 안을 들여다보았다.

어미 닭이 알을 부화하여 새로운 병아리가 나오면 우리는 다시 수녀원으로 옮겨 주고는 하였다.

2020. 4. 7. (화)

너도나도 두세 마리씩 병아리를 깠다. 그래서 새끼 병아리들을 제일 먼저 엄마가 된 어미 닭에게 넣어 주었다. 그리고 아직도 나오지 않은 알들을 다른 어미 닭에게 넣어 주었다. 그 와중에 어떤 병아리들은 나오다가 숨이 막혀 죽기도 하고 어떤 병아리는 가엾게도 발에 장애가 생겨서 우리가 따로 돌보았다. 보통 가엾은 게 아니었다. 여리고 여린 병아리가 엄마에게 눌려 장애가 생긴 것이다. 우리의 시선은 건강한 놈들보다 장애가 있는 병아리에게 꽂혔다. 부모가 아픈 자녀에게 온통 마음이 가는 것이 이해가 갔다.

어떤 암탉은 근면 성실하게 알을 품지 않고 이 단지, 저 단지로 옮겨 다닐 뿐만 아니라 품던 알을 버려두고 오랫동안 돌아다녔다. 이미 품던 알이 다 곯았는지 썩은 냄새가 고약했다. 헤르만 수녀님이 마침내 이 닭을 밖으로 쫓아냈다. 이 닭이 품던 알은 다시 성실하게 품고 있는 닭에게로 넘어갔다. 그렇다고 하더라도 추방당한 닭에게도 병아리가 한 마리쯤은 나왔을 텐데 싶어 마음이 좀 안되었다. 그 녀석은 큰 닭들이 있는 곳으로 쫓겨나 생야단을 떨고 수선을 피웠다.

사람이나 닭이나 불성실해서 어미 자격을 잃는 게 있다는 것이 신기했다.

2020. 4. 8. (수)

밖으로 나온 예쁜 병아리를 옆집 어미 닭이 머리를 쪼아 죽이고 말았다. 아무리 작아도 죽어 있는 병아리를 만질 수 없어서 다니엘 수녀님을 불렀다. 다니엘 수녀님과 비아 수녀님 둘은 열심히 머리를 써서 닭장을 리모델링하였다. 자료가 마땅치 않아 판자와 철사, 그리고 필요한 것들을 여기저기서 찾아 작업했다. 비아 수녀님은 드릴을 사용해서 제법 멋진 닭장을 만들고 두 어미 닭과 그 새끼들을 구분 지었다. 그 솜씨는 '맥가이버급'이었다.

앞으로 병아리가 더 나오면 집을 다섯 칸으로 구분하여야 하는데, 아이쿠 맙소사! 우리는 수시로 새로 부화한 병아리가 있는

지 점검을 하고 분리를 하느라 분주하였다. 이제 닭에게 물을 주러 다니는 것도 똥을 치우는 것도 분리된 망 때문에 여간 성가신 것이 아니다.

2020. 4. 11. (토)

지금까지 불성실한 닭 어미를 찾아내기로 하여 또 한 마리의 암탉이 알을 품는 일에서 쫓겨나게 되었다. 사실 오늘 쫓겨난 닭은 다소 억울한 면이 있다. 적어도 제 새끼 세 마리는 부화시켰는데 임시로 다른 엄마에게 넣어 주었기 때문이다. 사람 같으면 억울해서 죽겠다고 울분을 토할 것이다. 이 닭은 헤르만 수녀님 손에 잡혀 큰 닭들이 있는 곳으로 이동되었는데 몇 번 왔다 갔다 하다가 자리를 떠났다. 아직 인사이동 때가 아닌데 불려 나온 것이다. 나는 그 닭을 많이 동정했다. 마치 내가 비리를 저지른 것처럼 미안했다.

헤르만 수녀님은 농사를 지을 때나 닭장에서 일할 때나 '역전의 용사' 같았다. 그것은 비아 수녀님도 마찬가지이다. 달걀을 가져올 때 아직 둥지에서 알을 놓는 닭이 앉아 있으면 그 두 분은 닭 엉덩이에 손을 넣어서 이미 낳아 놓은 알을 빼낸다. 나는 이렇게 하는 것은 닭에게 너무 실례가 되는 것 같아서 못 한다.

쫓겨난 암탉이 품던 알이 여러 개가 남아 있었다. 그것에서 썩은 냄새가 엄청 났지만 어떤 알이 썩은 것인지 서로 냄새가 배어서 잘 알 수 없었다. 이것들이 무정란인지, 아니면 좀 더 시간이 걸려야 병아리가 나오는 것인지 모르는 상황. 나는 밑져야 본전이니 따뜻하게 해 주면 혹시 병아리가 나오지 않을까 하여 지난번에 사용했던 등을 켜고 알을 넣어 보자고 하였다.

2020. 4. 12. (일)

어젯밤에 잠을 설쳤다. 밤새 작은 등을 켜 놓았으니 불이 나면 어쩌나, 행여 병아리가 나오다가 뜨거워서 죽으면 어쩌나! 또 다른 편으로는 한두 마리라도 병아리가 나오면 얼마나 좋을까! 기대 반 염려 반으로 잠이 오지 않았다.

하지만 병아리는 한 마리도 없었다. 헤르만 수녀님이 나머지 알을 하나씩 깨뜨려 검사했는데, 어쨌든 생명이 살아 있는 알은 하나도 없었다.

이로써 모든 부화 달걀은 끝났다.

함께 먹고 산다는 것

2020. 4. 15. (수)

나는 어릴 때 아버지께서 닭을 키우는 것은 많이 보았었다. 그때는 병아리가 그렇게 귀엽고 예쁜지 못 느꼈었다. 이제는 이렇게 깜찍한 녀석들이 모이를 먹고 물 한 번 먹고 하늘을 보는 모양이 너무나 귀엽다. 아숨다 수녀님 밭에서 뽑아온 삼동추는 닭들이 아주 좋아하였다. 제일 먼저 태어난 병아리들은 곧잘 채소를 먹을 줄 알았다. 생채소를 잘 못 먹는 나보다 훨씬 이 녀석들은 채소를 잘 먹는다.

나는 생채소는 잘 못 먹지만 삼동추를 뜯어다가 물에 살짝 삶아서 '용수 간장'과 참기름을 살짝 넣고 깨소금을 뿌려주고 무치면 그 맛이 아주 일품이다. 시금치를 무쳐 놓고 스스로 도취

되어 기분이 매우 좋다. 식사 시간에 수녀님들이 맛있게 잡수시면 참으로 가슴 뿌듯하다. 내 생각에 난 요리 솜씨가 조금 있는 것 같다.

2020. 4. 17. (금)

닭들은 올챙이도 잘 먹고 지렁이도 잘 먹는다. 다니엘 수녀님은 올챙이를 많이 건져 와서 물이 약간 담긴 그릇에 넣어 주었다. 큰 닭 중에 비위가 좋은 놈은 올챙이를 잘 먹었다. 병아리들도 처음에는 올챙이가 무서운 듯 멈칫거리더니 잘 주워 먹는다. 지렁이는 맛이 좋은 듯 병아리들은 지렁이를 입에 물고 달리고 다른 녀석들은 뒤를 따라다니고 빼빼 도는데 그 모양이 너무 귀엽다. 지렁이를 입에 문 놈들이 여기저기서 달리기를 하고 뒤를 따라다니는 녀석들도 많아 닭장 안은 운동회를 하는 것처럼 볼 만했다. 시간 가는 줄을 모르겠다.

지렁이가 너무 크면 병아리들도 무서워서 깜짝깜짝 놀라서 물러선다. 큰 지렁이는 병아리가 먹을 수 없으니 다니엘 수녀님이 그것을 가위나 돌로 잘라서 준다. 지난번에는 손으로 잘라서도 던져 주었다. 헤르만 수녀님도 지렁이를 잡아다 준다. 손으로 집어서 던져 준다. 아숨다 수녀님도 지렁이를 많이 잡아다 주었다. 아숨다 수녀님, 헤르만 수녀님, 다니엘 수녀님은 지렁이 공수부대이다. 모두 병아리가 잘 먹는 것이라면 온갖 일을 다 할 수 있다.

진동 분원에는 이렇게 가상한 용사들이 살고 있다. 나는 이 모든 일을 인상을 써가며 본 뒤에 이렇게 글을 쓴다. 솜씨 좋은 비아 수녀님도 이럴 때는 나와 같이 구경꾼이다.

나는 반성해 보면 징그러운 것, 더러운 것, 죽은 것 등은 보는 것 자체로 아직 불편하니 내가 그런 면에서는 '공주과'인지도 모르겠다. 어쨌든 병아리들은 운 좋게 보신을 했다.

2020. 4. 25. (토)

아숨다 수녀님 밭의 삼동추도 거의 끝나고 요즈음은 치커리를 뽑아서 닭들에게 던져 준다. 큰 닭들은 잘 먹지만 병아리들은 뜯어 먹기가 힘들다. 그래서 다니엘 수녀님은 치커리를 거꾸로 병아리 집에 매달아 주니 병아리들은 신나게 고개를 위로 하고 치커리를 뜯어 먹는다. 이집 저집에서 치커리를 먹는 병아리들은 정말 귀엽다. 내가 본 동물의 새끼 중에 제일 귀엽다.

우리는 얘들을 보느라고 시간 가는 줄을 모를 정도다.

2020. 4. 26. (일)

굼벵이는 닭에게 아주 보신이 되는 모양이다. 헤르만 수녀님은 닭에게 줄 죽을 끓이는 데 굼벵이를 넣었다. 원래 시래기, 찌그러진 콩, 기타 음식물 찌꺼기 등을 섞어서 끓인다. 이 죽에다가 미강,

깻묵, 싸라기, 석회, 등겨를 넣어서 영양식을 만들어 준다. 그런데 오늘은 굼벵이까지 넣어 '특식'을 만들었다.

나는 헤르만 수녀님이 집게로 굼벵이를 솥에 넣는 모습을 보고 감탄을 했지만 굼벵이들이 어떻게 희생되는지 차마 볼 수가 없었다. 하지만 사료를 먹이지 않고 정성껏 건강식을 만드는 건데…. 슬그머니 솥 가까이에 가서 안을 들여다 보았다. 그 굼벵이를 닭들에게 줄 때 다니엘 수녀님은 손으로 집어서 닭들에게 주었다. 내 생각에 이 세상의 어느 닭보다도 우리 닭들이 진수성찬을 즐기는 것 같다. 하긴 좋은 청계가 고급 달걀을 생산하니 친환경 달걀을 만들기가 그리 쉬운 일은 아니다. 닭이 좋은 알을 낳는 게 아니라, 우리 수녀님들이 좋은 알을 낳도록 보조자 역할을 톡톡히 하는 것이다.

진동의 맑은 공기와 좋은 지역에서 이렇게 우리 닭들은 오늘도 알을 우리에게 낳아준다. 이제 병아리까지 생겼으니 가을쯤 더 많은 알을 생산하리라 믿는다.

2020. 4. 27. (월)

입양한 병아리들은 치커리를 집어 주면 팔 위로 올라와서 치커리를 떼어 먹는다. 이 녀석들을 본받아 우리 병아리들도 와와 몰려든다. 아주 진풍경이 벌어진다. 팔이 횃대인 양 몇 마리씩 모여 올라앉고 등에도 올라가고 우리는 저절로 웃음이 나온다. 어깨에 올라간 놈은 우리 병아리 중에 큰 병아리이다. 전에는 이런 일이 없었는데, 입양한 병아리들이 사랑받는 것에 시샘을 느꼈는지 안 하던 짓을 한다.

오늘 아침에는 아숨다 수녀님께서 지렁이를 많이 잡아 오셨다. 우리는 모두 병아리들이 지렁이를 입에 물고 달리는 모양을 구경하려고 닭장으로 올라갔다. 입양한 병아리들은 먹이를 충분히 먹고 닭장 구석으로 가서 졸고 있다. 어미 닭이 키운 녀석들은 언제나 활동량이 많은데 입양한 놈들은 체력이 약한 것 같다. 나는 이 귀여운 녀석들을 네 마리나 한꺼번에 끌어 안았다. 그리고 병아리 어미나 된 듯이 마음이 뿌듯했다.

2020. 5. 3. (일)

우리 분원은 애써 닭을 키우는 노고에 스스로 보답하는 뜻으로 아침마다 달걀을 하나씩 삶아서 먹는다. 그 재미가 아주 쏠쏠하다. 그런데 오늘 아침은 문제가 생겼다. 헤르만 수녀님이 달걀을 먹기 위해 껍질을 깨뜨리는 순간 이것이 품던 것이라 익지 않고 내용물이 쏟아진 것이다. 또다시 어미 닭이 알을 품어야 하는 일이 생긴 것이다.

또다시 닭장 분리 작업을 하고 다른 큰 닭들의 방해를 받지 않고 알을 품을 수 있도록 독방을 꾸며 주었다. 저녁에 닭장에 가서 보니 어미 닭은 온종일 지루하고 힘들었는지 난리가 아니었다. 안에서는 불만 가득한 꼬꼬댁 소리가, 밖에서는 큰 닭들이 그 닭에게 자유를 주라고 소리 지르는 소리가 들렸다.

결국 따로 분리했던 닭을 풀어주었다. 아주 골치 아픈 놈이다.

2020. 5. 4. (월)

성모병원에서 입양한 병아리들이 낮 동안 잘 지내다가 밤이면 잠자리를 못 찾고 자기들끼리 밖에서 뭉쳐 있는 바람에 우리는 벌써 며칠 동안 밤마다 닭장으로 올라가서 이 녀석들을 항아리에 넣어 준다. 얘들은 새로운 삶의 공동생활을 다시 배워야 한다.

"배워야 산다!" 그래저래 우리는 다소 차이는 있지만 서너 차례 닭장을 올라다니는 운동을 한다. 나같이 움직임이 적은 사람에게는 제대로 운동이 된다. 헬스클럽은 뭐하러 다니나!

2020. 5. 12. (화)

저녁때 병아리들이 항아리 안에 잘 들어갔는지 보러 갔다가, 큰 닭들이 자는 횃대를 보았다. 그런 일이 없었는데, 암컷 닭 한 마리가 저만큼 따로 떨어진 곳에 혼자 앉아있었다. 아마 대장 수탉에게 벌을 받는지, 아니면 암탉 대장에게 벌을 받는지 모르겠다. 늘 옹기종기 붙어서 잤는데, 그 세계에도 나름대로 규칙이 있는 것 같다. 하긴 이곳도 공동생활을 하니까!

벌을 받는 회색 암탉이 무섭고 외로워 보였다.

2020. 5. 13. (수)

오늘은 병아리 두 마리가 치열하게 싸우다가 딱 중지하더니 목을 길게 빼고 몸은 서로 바짝 붙이고 꼿꼿하게 서서 한참을 가만히 겨루고 있다. 그 모습이 너무 우습다. 그러더니 한 마리가 아무 일도 없었다는 듯이 꽁지를 슬쩍 내리고 도망갔다.

이때 큰 닭들 쪽에서 싸우는 소리가 들렸다. 횃대에 올라간 상태인데 격렬하게 소리 지르고 난리였다. 닭들은 한두 마리가 문제가 일어나면 여러 마리가 동시에 거세게 울어댄다. 밖으로 나갈 때 슬쩍 보니 암탉 한 마리가 엊그제처럼 외진 횃대에 앉아 있고 그때 동료 암탉 한 마리가 동정으로 그 옆자리로 옮겨 앉고, 밖에는 제2인자 수탉이 주위를 돌면서 꼬꼬댁거렸다. 아예 횃대에서 쫓겨난 것 같았다. 닭들은 밤이 되면 횃대에도 올라가지 못하는데 걱정이 되었지만 다 살아가는 방식이 있으니까 어떻게 되겠지! 닭들의 공동생활도 순탄치 않다.

공동생활이 어려운 것은 수도 생활만 그런 것이 아니다. 세상 만물 살아 있는 모든 것은 겨룸의 연속이다.

2020. 5. 14. (목)

진동 요셉의 집은 '생태 살리기'에 집중해서 노력하는 공동체이다. 이곳 구성원 모두는 좋은 취지와 뜻에 맞게 가기 위하여 협력하고 있다. 그래서 함께 공부하고(농사짓는 것까지), 인생 철학 공부도 한다.

얼마 전에는 달걀을 수거할 때 가지고 다니는 통을 가져가지 않아서 내가 손에 달걀 세 개를 들고 집으로 돌아왔다. 모기장 역할을 하는 문을 열어야 하는데, 살짝 한 손가락으로 문을 밀다가 한꺼번에 두 개의 달걀을 손에서 놓쳐 깨뜨려 버렸다. '엎질러진 우유요, 깨진 달걀'이다. 알을 주머니에 넣었으면 좋았을 것을 하면서 후회했다. 청계 알 한 개는 보통 알보다 훨씬 비싸다. 그래서 나는 스스로 '보속(반성)'의 기회를 주기로 하였다. 즉 매일 아침 특식으로 우리에게 '보상'을 주는 청계 알을 사흘 동안 먹지 않기로 하였다. 가격으로 계산하면 좀 더 오래 청계를 먹지 않아야 하지만, 그러면 수녀님들이 항의를 할 것 같아, 청계 알 대신 사흘 동안만 다른 일반 달걀을 나 혼자 먹기로 하고, 수녀님들은 그대로 청계 알을 먹기로 하는 것으로 모두의 '동의'를 받았다. 어쨌든 그것은 색다른 경험의 하나로 아쉬움 속에서도 짜릿한 기쁨을 느낄 수 있었다.

실수 안에서도 정신적인 '보상'을 받는 기쁨을 느끼다니, 낚시꾼이 '월척'을 낚으면 손맛이 짜릿하듯이 정신까지 짜릿할까?

사랑

2020. 5. 15. (금)

다리를 못쓰는 병아리에게 다니엘 수녀님이 '보석'이라고 이름을 지어 주었다. 어미 닭에게 깔려서 다리에 장애가 생긴 것 같다. 그리고 또 한 녀석, 똥을 못 누고 밥도 안 먹고 빌빌거리는 아픈 병아리 하나를 찾아서 따뜻하게 등을 켜 두고 넣어 주었다. 계속 '삐약삐약', 엄마를 찾아 불쌍해서 다니엘 수녀님이 잠바 속에 넣고 있으니 품 안으로 파고들었다. 다니엘 수녀님이 병아리 똥꼬를 씻어 주고 헤르만 수녀님이 항생제를 먹여 주니 훨씬 좋아졌다.

헤르만 수녀님은 얘 이름을 '진주'라고 지어 주었다. 비아 수녀님과 나는 보석이는 다니엘 수녀님 성을 따라 '정보석'이라고 부르고, 진주는 헤르만 수녀님 성을 따라서 '김진주'라고 부르기로 하였다. 보석이와 진주는 이후로 튼튼하게 잘 자랐다. 우리는 닭장을 갈 때마다 보석이와 진주를 불렀다.

보석이와 진주는 우리가 불러줄 때마다 우리 마음에 꽃이 되었다.

2020. 5. 16. (토)

그동안 충실하게 새끼들을 돌보던 닭이 2~3일 전부터 이상하다. 그렇게 애지중지했는데, 모이를 먹을 때 새끼들을 콕콕 부리로 찍었다. 암탉이 부리로 찍을 때는 정말 아프다. 너무 어릴 때 찍힌 병아리는 죽기까지 한다. 알을 낳을 때가 되면 품 안에 넣어 키우던 새끼들을 매정하게 내친다. 그래서 어미 닭을 큰 닭들이 모인 곳으로 보내니 수컷 두 마리가 이미 알아채고 닭장 앞에서 대기하고 있더란다. 힘센 대장 닭과 당장 납작 엎드려 짝짓기를 두세 번 하더라고, 다니엘 수녀님과 비아 수녀님이 이야기를 했다. 그리고 자기 새끼들을 버리고 미련 없이 새끼들이 있는 곳에서 떠나 동료들이 있는 곳으로 갔단다.

이로써 두 번째 방의 병아리들은 비가 부슬부슬 오는 날 졸지에 엄마를 떠나보냈다. 나는 엄마 없는 병아리들이 얼마나 기가 죽었을까 호기심이 생겨 저녁때 닭장으로 갔다. 병아리들은 엄마가 없는 데도 마치 '자유다 자유' 하듯 뛰어 다니며 요란을 떨었다.

다니엘 수녀님은 저녁에 병아리들이 엄마 없이 잠잘 것을 걱정하다가 모두 항아리 안으로 들어간 것을 확인하고 담요로 바람 구멍을 살짝 막아주고서야, 수녀원으로 돌아왔다.

수녀님은 엄마 닭보다 더 병아리들의 엄마이다.

2020. 5. 17. (일)

큰 닭들은 배가 고프면 신경질적으로 꼬꼬댁거리고, 알을 낳고 나서는 호기롭게 큰 소리로 꼬꼬댁~거리고 소리를 지른다. 그리고 동료 닭들은 너도나도 덩달아 소리를 지른다. 우리는 하루에도 수십 번 요란을 떠는 닭 울음소리를 분석했다. 알을 생산한 닭은 수고한 자신에게 스스로 장함을 뽐내느라고 소리를 지르는 것 같다. 다른 의견은 알 낳는 것이 너무 아프고 힘들어서 운다는 생각이다. 다른 닭들이 동시에 너도나도 소리를 지르는 이유는 '장하다, 수고했어' 하는 격려의 소리라는 것이다.

오늘은 어미 닭장 3번 방과, 1번 방에 아침저녁으로 자유를 주었다. 그래서 이 방 저 방 경계를 만들었던 것을 해제하니 훨씬 닭장을 드나들기가 수월해졌다. 이제 마지막 가장 작은 병아리들이 있는 칸만 어미 닭을 남겨놓았다. 3번 방 어미 닭은 평소에도 엄청 까칠했는데 밖에 내보내니 역시 기다리고 있던 수컷 두 마리가 득달같이 달려왔다. 어미 닭은 역시 납작 엎드려서 대장 수탉을 받아들였다. 수컷은 짝짓기를 성공한 후 한쪽 날개를 빗살같이 쭉 펴고 다리를 치켜 흔드는 이상한 행동을 하였다. 다른 수컷은 대장 닭에게 들키지 않게 기회를 엿보아서 짝짓기를 성공했다. 이 녀석 역시 한쪽 다리 쪽의 날개를 아래로 펴서 이상한 짓을 하였다. 동물의 세계는 간단한 소리와 몸짓으로 자기들에게 필요한 행동을 하면서 무난하게 의사소통을 하는 것이었다.

그런데 3번 방 병아리들은 삐약거리며 엄마를 찾았다. 제대로 엄마 역할을 안 하던 녀석도 계속 병아리들에게 가려고 안달을 해서 닭장 문을 열어 주었더니 안으로 들어와서 새끼는 안 돌보고 모이를 먹기에 바쁘다. 역시 이 엄마는 충실한 엄마가 아니었다. 먹이가 넉넉한 병아리 집으로 들어온 것이다. 그래도 오늘 밤 새끼를 날개 속에 품을 것이다.

1번 방 어미 닭은 새끼를 품을 때도 열심히 새끼들을 돌보고 임무가 끝나고는 뒤도 돌아보지 않고 다른 닭들 사이로 돌아갔다. 깔끔한 녀석이다.

2020. 5. 21. (목)

저녁때 보석이 엄마 다니엘 수녀님과 나는 입양한 병아리들을 단지에 넣어 주려고 닭장으로 갔다. 아숨다 수녀님도 함께 오셨다. 그런데 아무리 찾아도 병아리 여덟 마리가 보이지 않았다. 닭장 안팎을 다 보아도 없다. 아니 흔적도 없다. 우리는 '상심'이 되었다. 수녀님들이 모두 도착하기 전 다니엘 수녀님이 단지 뒤에 살짝 보인 병아리를 찾았다. 알고 보니 그 뒤쪽으로 옹기종기 모여 있었다. 순간 몰려오는 안도감이라니, 우리는 이 녀석들을 다시 큰 단지에 넣어 주고 돌아왔다. 꼭 말썽쟁이 아이들을 키우는 느낌이랄까!

짧은 시간 온갖 생각들로 마음이 산란하였다. '족제비가 들어왔나?, 쥐가 물어갔나?, 집단 탈출을 했나?, 누군가 침입했었나?, CCTV를 달아야 하나?' 그 모든 생각이 아무런 불만 없이 깨끗이 머리에서 사라졌다.

하느님 감사합니다.

2020. 5. 22. (금)

"미미가 변했어요." 헤르만 수녀님이 하는 말이다.

처음 미미를 보았을 때, 미미는 도도하고 뚱한 표정을 잘 짓고 있었다. 전에는 저한테 잘 대해 주는 수녀님들만 좋아했단다. 그런데 지금은 얼마나 어리광을 잘 떠는지 우아하면서도 귀엽다. 요즈음은 진동이가 지나칠 정도로 애정을 갈구하는 것을 미미도 따라 하고 있다. 우리에게 뛰어오르기도 하고 입을 벌려 손을 살짝살짝 물기도 한다. 절대로 대소변을 자기 자리 근처에 누지 않는다. 진동이는 가끔 엉뚱한 곳에 실례를 해 놓는다. 욕구 해결을 미루지 않는다. 우아한 미미가 낑낑거릴 때는 오줌똥이 마렵다는 뜻이다. 하긴 그동안 다니엘 수녀님과 비아 수녀님이 진드기도 잡아주고 털도 빗으로 손질해 주고 많은 사랑을 해 주었던 효과가 났다고 볼 수 있다.

나는 그런 노력 봉사보다는 미미 앞에서 팔짝팔짝 뛰고 미미와 비슷하게 연기를 한다. 그러면 이 녀석이 입이 헤 벌어진다. 미미는 장난기가 많아 장난을 걸면 좋아한다. 진동이는 너무 설쳐대기 때문에 감당하기가 힘들다. 이 녀석은 늘 사랑에 목마르다.

2020. 5. 23. (토)

오늘은 시엔나 수녀님과 그라시아 수녀님이 방문하실 예정이라, 아침부터 좋아하는 보라색 작업복으로 꽃단장을 하고 닭장으로 갔다. 아픈 보석이에게 치커리를 뜯어서 따로 주니 다른 병아리들이 시샘을 내고 몰려든다. 보석이를 짓밟고 지나가고 난리를 떨어서 보석이를 멀리 떼어 놓아야 했다.

그리고 점심 준비 때문에 닭장에서 빨리 나오는데 허둥대다가 낮은 문에 머리를 부딪쳐서 닭똥에 엉덩방아를 찌었다. 그래서 허둥지둥 집으로 돌아와서 옷을 다시 빨았다. 겸손하게 몸을 낮추지 않으면 여기저기 철근 횃대에다 머리를 부딪히기도 일쑤다. 닭똥을 치울 때도 매우 조심해야 한다. 어떤 때는 이마에 혹이 생길 때도 있다. 그래도 우리는 저녁이면 닭과 노는 것이 재미있어 닭장으로 올라가서 한참씩 병아리들을 보고 온다. 이제 제법 커서 병아리 티가 멀어지고 좀 보기 싫을 정도로 자랐지만, 우리 눈엔 여전히 귀엽다. 며칠 전부터 낮 동안 큰 닭장으로 나가서 놀고 땅을 파고 벌레를 찾아 먹는 연습을 하는 중이다. 심술궂은 큰 닭들은 병아리들을 쪼려고 달려든다.

시련을 겪어야 성장한다. 이제 슬슬 새로운 동생들이 생기기 전에 큰 닭들과 지내는 것을 훈련해야 한다.

2020. 5. 24. (일)

다니엘 수녀님은 모든 병아리의 엄마라고 해도 손색이 없다. 특히 정보석에 대한 사랑은 극진하다. 가끔 보석이는 나에게도 절뚝거리며 다가온다. 연민의 정이 저절로 나온다. 그래서 우리는 보석이에게 먹이를 따로 주고 안아 준다. 장애를 지닌 아이를 키우는 부모님 마음이 얼마나 아플까 짐작된다. 보석이에 대한 사랑이 특별 보살핌으로 표현된다. 먹이를 따로 주면, 그럴 때마다 다른 병아리들이 시샘하고 팔로 어깨로 머리 위로 날아든다.

오늘은 다니엘 수녀님이 삽으로 닭장 구석구석을 파헤쳐서 닭들에게 벌레를 먹을 수 있도록 해주었다. 비아 수녀님은 흙덩어리를 잘게 부수어 준다. 그러면 그 안에 미생물이 있는지 병아리들은 열심히 골라 먹는다. 운이 좋으면 병아리들이 가장 좋아하는 지렁이도 나온다. 그래서 눈치 빠른 놈은 다니엘 수녀님의 삽자루 끝을 겁도 없이 따라다닌다.

2020. 5. 25 (월)

며칠 동안 병아리를 큰 닭장에 드나들 수 있도록 풀어 놓으니 마당이 닭들로 장관을 이룬다. 우리가 먹이를 가져가서 문을 열면 닭들은 우리를 졸졸 따라다닌다. 어떤 암탉들은 배가 고프다고 소리를 질러댄다. 병아리들도 우리가 엄마인 양 따라다닌다. 그럴 때면 우리는 가슴이 뿌듯함을 느낀다. 사람을 보살피는 것도 아닌데 작은 일에서도 큰일처럼 기쁨이 크다. 하느님은 우리가 하는 일의 크고 작음을 따지지 않으실 것이다. 그저 감사하게 기쁘게 성실하게 하는 것으로 족할 것이다.

병아리들은 이제 간이 커져서 큰 닭들의 횃대에도 올라가 보고 모이통에서 모이를 먹다가 쫓기기도 한다. 어른들의 세계가 궁금한가 보다.

2020. 5. 30. (토)

오늘은 혼자 월례 피정을 했다. 간단히 도시락을 싸서 우선 호젓하게 집 주변을 둘러보았다. 집 앞바다 물결을 감지하며 사색에 잠긴다. 검은색 바탕에 흰 줄무늬를 지닌 멋진 새들이 공중곡예를 한다. 참새보다 작은 예쁜 갈색의 새들은 헤르만 수녀님 밭의 완두콩 사이를 누비고 다닌다.

수녀님들이 가꾸는 밭 땅속에는 많은 미생물들이 살고 있단다. 우리 눈에는 다 보이는 것이 아니지만, 대지의 활기찬 생명력의 움직임이 하늘과 땅 위와 땅속까지 넘쳐난다. 닭장에는 암탉들이 알을 낳았는지 연신 꼬꼬댁거린다. 미미와 진동이는 빨리 와서 밥을 달라고 컹컹거리며 짖는다.

비아 수녀님 밭은 자기를 닮은 꼴로 작고 귀엽게 꾸며져 있는데, 겨자채가 싱싱하게 자라고 방울토마토가 불그레하게 익어가고 있다. 블루베리 나무에는 열매들이 다닥다닥 달려 있고, 보리수나무에는 열매가 빨갛게 익어가고 있다. 한 알을 따서 입에 넣으니 새콤하고 달콤한 맛과 약간 떫은맛이 함께 나지만 나의 입맛에 맞다. 그러나 탄닌이 많으니 약간만 먹어야 한다. 아숨다 수녀님 밭에는 참깨를 심을 준비를 하고 있고, 다니엘 수녀님 밭에는 고추와 토마토가 자라고 있다. 내 눈에 진동 요셉의 집은 바로 '에덴동산'과 같다. 오늘 여유롭게 돌아보니 바야흐로 늦은 봄의 향연이 무르익어감을 느낀다.

12시에 점심을 먹었다. 한 장의 김을 반으로 나누어 먹었는데 밥을 다 먹고 나니 김 세 장이 남았다. 그래서 그 세 장으로 부족했던 염분을 충족시켜 혀를 만족하게 했다. 거의 맨밥을 먹으면서 생각나는 것은 오로지 김치나 고추장이나 소금이 있었으면 좋았을 텐데 하는 것이지 더 맛있는 무엇이 떠오르는 것은 아니었다. 식사를 마치고 간단한 후식 후 물을 마셨다. 정신적으로 충만한 만족감으로 행복했다. 황제라 해도 식사 후 정신적인 기쁨을 이렇게 맛보기는 힘들 것이다. 그런데 물은 피정 마치기 세 시간 전에 다 마셔 버렸다. 물이 없으니, 생텍쥐페리가 사막에서 조난을 겪을 때의 '야간비행'이 떠올랐다. 그러나 나는 밤을 성당에서 지내지 않고 집으로 들어갈 것이기에 과장된 생각이다.

다음 피정 때는 고추장 한 가지만 도시락에 넣을까 생각 중이다. 그러면 어떤 결핍을 느낄까 궁금하다. 어떻든 또 다른 체험을 통하여 내적 기쁨을 느끼는 시간을 마련해 보는 것이다. 결핍에서 오는 기쁨, 불편에서 느끼는 충만감, 힘듦에서 느끼는 만족감 등을 나는 너무 오래 잊고 살아온 것 같다.

여름

너와 나의 소임

길들이고 길들고

희생

더위와 성숙

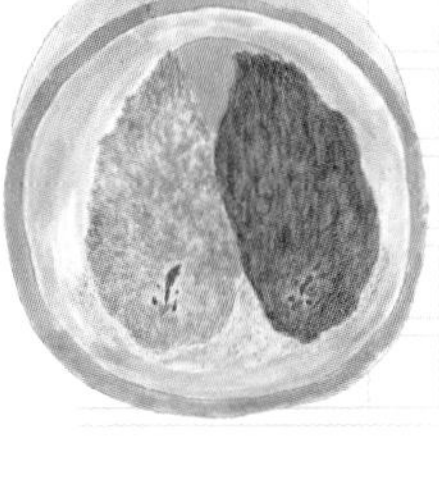

너와 나의 소임

2020. 6. 2. (화)

어제저녁 헤르만 수녀님이 매우 애석한 표정으로 달걀 세 개를 깨뜨렸다고 안타까워했다. 3층으로 토마토와 달걀을 함께 가지고 올라오다가 떨어뜨렸다고 했다. 나는 통쾌하게 웃었다. 지난번에 내가 두 개를 깨뜨려서 쩔쩔맸던 생각이 떠올라서였다. 그때 보속으로 청계란 대신 일반 달걀을 사흘 간 먹었던 적이 있었다.

나는 밤에 아래층으로 내려가 부엌에서 일반 달걀 세 개를 가져왔다. 사흘이나 나흘을 보속하는 것보다 세 명이 한꺼번에 일반 달걀을 먹고 끝내기 위해서다. 그 사실을 안 헤르만 수녀님이 펄쩍 뛰었다. 달걀을 깨뜨린 것은 자긴데 왜 여러 사람이 보속을 하느냐고, 그래서 내가 "그러면 훨씬 재미있지 않겠느냐." 하면서 오늘 아침 셋이 일반 달걀을 먹었다. 그로써 청계란 세 개를 깨뜨린 애석함에서 우리는 벗어났다.

실수란 누구든 예기치 않을 때 일어난다.

2020. 6. 4. (목)

냉장고에 있었던 찰떡 세 개가 쉰 맛이 나서 손으로 잘라 던져 주니, 큰 닭들과 병아리들이 우우 몰려들었다. 그것이 맛이 있는지 너도나도 먹기 위해 떡을 물고 도망을 가고 난리다. 병아리들도 합세하여 몰려다녔다. 그런데 대장 수탉은 처음부터 끝까지 자리를 뜨지 않고 지켜 서서 암탉과 병아리들이 경쟁적으로 떡을 먹으려는 것을 지켜보고 있었다.

나는 그 모양이 너무 신기해서 1번 대장에게 떡을 따로 떼어서 부리 가까이에 던져 주었지만 한 번도 자기가 먹지 않았다. 당당히 서서 사랑하는 암탉들과 병아리들이 먹는 모습을 쳐다보고 있었다. 2번 수탉은 옆에 나타나지도 않았다. 수컷의 사랑은 철저하게 희생적이어서 동물로서의 본능을 뛰어넘는 행동이었다. 병아리는 수컷의 자식들이다. 그런데 암컷들은 먹고 또 먹고 계속 열심히 받아먹었다. 회색 닭 한 놈은 대장의 '애처(愛妻)'인지 여러 번 먹었다. 암탉은 알을 생산하기 때문에 먹는 것에 욕심을 부리는지도 모른다.

저녁 무렵 한쪽 발에 장애를 지닌 암탉이 품는 알에서 첫 병아리가 나왔다. 늘 다리가 불편해서 절뚝거리는 엄마 닭이 자기의 소임은 충실히 한다. 그것에 마음이 짠하다.

2020. 6. 7. (일)

어제 아침 거의 죽어가는 병아리 한 마리를 헤르만 수녀님이 발견하고 나에게 주었다. 어미 닭이 싸늘한 새끼를 버린 것이다. 그래서 나는 희미하게 목숨만 붙어있는 병아리를 손안에 조심스럽게 감싸고 계속 기도를 하면서 집으로 왔다.

"주님, 이 병아리를 살려주세요. 제발 살려주세요." 하고 "얘야, 살아나거라. 네가 살아나면 내가 잘 키울게."라고 말했다. 그리고 나는 이 병아리에게 '꼭지'라는 나의 아명을 붙여 주었다. 곧 손안에서 움직임이 감지되었다. 집에 오자 조금 후에 삐약거리며 살아 있으리라는 희망을 보였다.

헤르만 수녀님은 주사기에 약을 넣어 두 방울을 병아리에게 먹였다. 그런데 이 녀석이 거의 죽을 것같이 입을 짝짝 벌렸다. 금방 죽을 것 같았다. 한참을 그런 다음 그 증세가 가라앉았다. 그러고는 계속 잠을 잤다. 아마 과도한 약을 이겨내지 못했던 것 같다. 밤 11시쯤 비아 수녀님의 손에서 죽었다. 잠시라도 병아리가 살아나리라는 희망을 걸었던 나는, 작은 생명이지만 이렇게 사라질 수 있다는 것을 보고 허망함을 느꼈다. 다니엘 수녀님은 죽은 병아리를 감나무 밑에 묻어주었다.

2020. 6. 8. (월)

어젯밤 다니엘 수녀님이 세면실에서 약 15센티미터쯤 되는 지네 한 마리를 잡았다. 위험하다고 벌벌 떨면서도 지네를 지퍼락에 두 번이나 넣어서 문밖에 놓아두었다가 아침에 닭장으로 가져갔다. 닭이 지네를 무지무지하게 좋아하는 것을 알기에 다니엘 수녀님은 지네를 닭에게 주기로 한 것이다.

비아 수녀님은 닭이 지네를 물고 뛰는 것을 동영상으로 찍었다. 큰 암탉은 지네를 입에 물고 넓은 닭장을 몇 바퀴나 돌았다. 그것을 빼앗기 위해 큰 닭이나 병아리들까지 함께 달리고 달렸다. 결국, 지네를 입에 먼저 문 암탉이 꿀꺽 삼켰다. 입에 물고 머리를 여러 번 흔들었지만 끊어지지 않자 암탉은 각고의 노력과 치열한 경쟁 속에 지네를 삼키기로 한 것이다. 그것이 그렇게 맛이 있는 줄 나는 몰랐었다. 사람은 지네에게 물릴 것을 두려워해서 벌벌 떠는데 닭은 지네를 간단히 삼켰다. 이렇게 보면 인간도 별 존재가 아니다. 아마 지네를 삼킨 닭은 오랫동안 건강하게 알을 잘 생산할 것이다.

저녁에 목마른 채소에 물을 주시던 아숨다 수녀님이 뱀을 보았다고 두려워하셨다. 나는 닭을 위해서 뱀을 잡아주면 어떨까 생각해 보았다. 얘들이 좋아하는 먹거리는 우리 눈엔 혐오스럽게 보이지만 저들에게는 너무나 맛 좋은 진수성찬이다.

우리는 닭을 위하여서는 어떠한 충성도 마다하지 않고 바친다.

2020. 6. 9. (화)

어제 다니엘 수녀님이 진동이와 미미를 산책을 시키는데 진동이의 목줄이 풀렸다고 한다. 마침 앞집 엘리사벳 자매님이 '짱'과 '왕'을 산책시키는 중에 두 집 개가 싸움이 붙었다. 그러나 엘리사벳 자매님이 그들의 끈을 단단히 잡고 있었기에 싸움이 크게 진행되지는 않았단다. 하지만, '왕'의 콧등에서 피가 나오고 사태가 험악했다. 사실 엘리사벳 자매님이 개 줄을 끝까지 쥐고 있지 않았다면 진동이는 진돗개인 '짱'에게 물려 죽을 수도 있었다.

다니엘 수녀님은 미미를 한 손으로 잡고 진동이를 불러서 다시 붙들고 닭장 앞으로 올라왔다. 이웃끼리 잘 지내야 하는데, 진동이는 앞집 형제님만 지나가면 죽자고 짖어대어서 여간 민망스러운 것이 아니다. 그 바람에 다니엘 수녀님이 엄청나게 열을 받았다. 미미와 진동이의 저녁을 주어야 하는데, 미미만 밥을 주고 진동이는 굶겼다. 우리는 평소와는 달리 진동이를 쳐다보지도 않고 닭장에서 내려왔다. 조금만 좋아도 펄펄 뛰고 눕고 뒹굴고 오두방정을 떠는 놈이 꼬리를 내리고 눈치를 슬슬 보며 조용해졌다.

오늘 아침 닭장으로 올라가는데 미미와 진동이 둘 다 조용히 눈치만 보고 있었다. 미미는 진동이를 동정하는지 한편이 되어 있었다.

점심 준비를 하면서 나는 주님의 현존 안에 잠겨 있었는데, 문득 이런 생각이 떠올랐다. 하느님께서 인간에게 끝없이 자비를 베풀어도 인간이 얼마나 사악한지, 그토록 하지 말라고 해도 죄악에 빠지는 행위를 계속하는 것을 생각하면, 제 잘못을 알고 기가 죽어있는 진동이는 용서해 주어야 할 것 같다.

때로 인간은 개만도 못하다.

2020. 6. 10. (수)

닭이 알을 품을 때 달걀을 닭에게 가까이 넣어 주면 부리로 알을 끌어다가 가슴 속 깊숙이 찔러 넣는다. 그리고 하루에 네 번씩 품 안의 알을 굴려 준단다. 나는 닭이 알을 품어만 주면 21일 만에 그냥 병아리가 나오는 줄 알았었다. 엄마 닭들은 어떻게 알을 굴려 가며 새끼가 나오게 하기 위해 온갖 노력을 하는 걸까? 알을 품는 동안은 밖으로 먹이를 먹으러 나오는 것도 최대한 참을 뿐 아니라, 똥도 하루에 한 번 정도만 누러 나온다. 그래서 똥 덩어리가 개똥만큼 크고 냄새도 지독하다. 처음에 나는 누가 닭장에 와서 똥을 싼 줄 알았다.

아무튼, 엄마 닭은 알을 품을 때 인고의 시간을 보내고 나서야 새끼를 얻는다. 그러니 얼마나 제 새끼가 귀하고 사랑스럽겠는가? 엄마 닭이 병아리에게 먹이를 줄 때는 입으로 잘게 쪼아서 꾹꾹거리는 소리를 내면 병아리들은 그 앙증맞은 모습으로 삐약거리며 달려온다.

2020. 6. 12. (금)

오후에 큰 닭장에 들어갔는데 뭔가 느낌이 이상했다. 알을 낳기 위해 암탉이 들어가는 서랍장 큰 것이 있는데 거기에 큰 닭 두 마리가 함께 들어있었다. 종종 닭들은 항아리에 알을 낳기 위해 들어갈 때 두 마리가 딱 붙어 앉아서 알을 낳기도 한다. 그런데 뭔가 이상해서 보니 대장 수탉과 암탉 한 마리가 함께 앉아 있었다. 그래서 내가 "너희들 거기서 뭐하냐?" 했더니 암탉이 푸드덕 날아갔다. 더 가까이 가서 보려 하자 수탉도 화들짝 날아갔다.

둘이서 집안 공동체에 대해서 의논을 하는 중이었나? 하긴 앞으로 점점 가족 수는 늘어만 가고 집안 위계질서 등 골치 아픈 일이 많으리라. 이제 중간 병아리들은 제법 커서 큰 닭들과 비슷해 보였지만 아직 삐약거리는 소리를 내기 때문에, 병아리 티를 벗지 못하였다. 그리고 이제 막 태어난 병아리도 많은 데다가 아직도 암탉 셋이 알을 품고 있다. 수탉과 암탉 대장은 치안에 신경이 많이 쓰일 것이다. 그래서 나는 저녁에 닭장을 떠날 때는 수탉 대장에게 "대장, 닭들이 무사하게 잘 지켜야 한다." 하고 닭장을 떠날 때가 많다.

2020. 6. 17. (수)

오늘 마늘을 캤다. 미생물 농법으로 헤르만 수녀님이 마늘 농사를 지었는데 마늘이 굵고 튼실하게 잘되었다. 그리고 양파도 아주 큼직하게 잘되었다. 비료를 준 것도 아니고 다른 거름을 많이 준 것도 아닌데 대단하다. 헤르만 수녀님은 땅 살리기 운동을 열심히 하고 있다. 오늘 총장 수녀님과 소피아 수녀님이 오셨는데, 진동 요셉의 집에서 지은 마늘과 양파를 보시고 흐뭇해하셨다.

저녁에 닭장을 갔더니 횃대 있는 쪽 벽에 마늘을 죽 걸어 놓았다. 마늘 냄새가 코를 찔렀다. "아이쿠, 얘들아! 냄새 때문에 너희들이 매우 괴롭겠구나."

나는 닭들을 보면서 동정의 말을 하였다.

마늘을 둘 장소가 마땅치 않아 여기에 걸어 둔 모양인데 임시로 두었으리라. 마늘은 사람이 그렇게나 좋아하는 식품이지만 그 냄새가 독특해서 싫은데, 하물며 말로 표현하지 못하는 닭에게 밤에 잠을 잘 때나 알을 낳을 때 이 독한 냄새를 맡으라니 좀 너무하지 않은가!

2020. 6. 20. (토)

미미와 진동이가 낮 동안 더울 것 같아 아래로 데려왔다. 품위 있는 미미는 대소변이 급했지만, 내가 닭장 일을 볼 동안 인내심 있게 기다렸다. 줄을 잡고 내려오는데 소변도 많이 보고, 똥도

두 번이나 쌌다. 미미에게 미안했다. 어제는 온종일 쉬지 않고 비가 오는 바람에 산책도 시키지 못했기 때문이다.

비아 수녀님이 진동이를 돌보다가 다리를 다치고 나서는 다니엘 수녀님이 산책을 시켰는데 다니엘 수녀님이 자리를 비우면 어쩔 수 없다. 내가 먹을 것을 주어도 두 녀석 다 삐져서 먹지도 않았다.

식사 준비를 하다가 생각하니 그래도 쟤들보다는 이성적인 내가 다니엘 수녀님이 없는 것을 위로해 주어야 할 것 같아서 말린 문어 몇 개를 가져다 둘에게 나누어 주었다. 식사를 거부하던 녀석들이 엄청 맛있게 먹었다.

미미는 내가 쪼그리고 앉아있는데 귀가에 오더니, 슬쩍 친근하게 나에게 몸을 기대었다. 은근히 아양을 부렸다. 나는 미미가 기특해서 목을 쓰다듬어 주었다. 미미는, '내 생각에' 다니엘 수녀님이 오지 않으면 제 편을 삼기 위해 나에게 애교 작전을 세운 것이리라. '똑똑하고 영악한 녀석'이다. 그러나 다니엘 수녀님은 오늘 저녁에 온다. 나는 이 일을 이들에게 비밀로 했다. 비아 수녀님은 다행히 다리 수술이 잘되었다.

2020. 6. 22. (월)

닭장 주변에 쥐약을 군데군데 놓아서 닭을 닭장 안에만 둔 지가 꽤 되었다. 그래서 열심히 채소를 뜯어서 가져다준다. 숫자가 많아지니 장난이 아니다. 어느 날 닭장으로 올라가던 내가 노랗게 익어서 떨어진 매실 열매를 주어다 닭에게 주었더니 씨만 남기고 다 먹었다. 요즈음은 살구 주운 것, 비파 열매 떨어진 것, 참외 껍질과 사과 껍질 자른 것 등 닥치는 대로 먹어 치운다. 우리 닭들은 비타민C를 많이 먹어서 미모가 출중할 것 같다.

대가족이 되니 대장 수탉의 인심이 사나워졌다. 먹을 것이 생기면 큰 암탉들이 음식을 먹을 때는 양보를 하고 흐뭇하게 바라보고 있는데, 이제 제법 큰 병아리들이 먹으려고 하면 사납게 달려가서 세게 쪼아대는 바람에 새끼 병아리의 털이 여러 개 뽑혀 나갔다. 나는 기분이 언짢아서 대장 수탉을 윽박질렀다. 수탉은 꼬꼬댁거리며 도망을 갔다. 오늘은 닭을 위하여 멸치 부스러기를 두 자루 얻어왔다. 우리는 얘들을 먹이기 위해 온갖 노력을 다한다. 닭장 문을 여는 순간에 닭들이 날아서 모여드는 것은 장관이다. 닭들이 맛있게 음식을 먹는 것을 보면 마음이 흐뭇하다. 가난하고 외로운 이들을 위해 이토록 노력해서 그들을 먹여 살린다면 얼마나 보람될까!

길들이고 길들고

2020. 6. 24. (수)

보석이는 가엾어서 연민의 정이 가고, 진주는 우리들이 특별히 이름을 부르니 예뻐하는 걸 아는지 닭장만 가면 친근하게 몇 번이고 달려온다. 물론 우리에게 다가오면 특별식도 받아먹곤 하지만, 단순히 먹이 때문만은 아닌 것 같다. 나는 시간이 날 때마다 진주를 한 번 안아 주고 돌아온다. 그러면 이 녀석은 긴 목을 쭉 뻗어서 내 팔에 목을 얹는다. 그리고 토닥여 주면 좋아하는 것 같다.

때때로 다른 친구들이 나에게 뛰어오른다. 나는 생각한다.

'너는 나하고 교감할 수 없어. 진주는 아기 때부터 나에게 길들었어.'

물론 나는 닭들을 모두 보살피지만, 이렇게 보석이나 진주처럼 길들어진 닭들에게는 특별히 정이 간다. '어린 왕자와 여우'의 관계가 떠올랐다.

우리는 많은 시간을 닭들과 농작물들을 위해 소비한다.

그리고 하느님께서 나를 무한히 참아주시고 나에게 공들인 시간을 생각한다.

2020. 6. 27. (토)

산을 배경으로 한 앞바다는 화창한 날씨에 고즈넉한 분위기를 준다. 소성당으로 들어온 나는 감실 앞에서 예수님께 큰절을 드리고 성령 송가를 불렀다. 그리고 그분 앞에 머무르다가 피정하기 좋은 큰 방으로 갔다.

점심 식사는 햇반 한 개와 고추장 두 숟가락, 블루베리 약간, 비트 한쪽, 두유 한 개와 보온병에 물 한 병으로 간소하게 준비해 왔다. 햇반을 끓는 물에다 데우고 밥을 먹는데, 참으로 맛이 달콤하니 좋았다. 다섯 숟가락을 그냥 맨밥으로 먹었다. 고추장을 가져오지 않았다면 맨밥만 먹어도 좋을 것 같았다. 고추장을 찍어 먹으니 진수성찬이 따로 없다. 왜 우리는 식사 준비를 하는데 매일 그토록 많은 시간을 소비하는가? 우리의 혀는 더 맛있는 음식을 선호하여 덜 맛있는 음식을 거부하게 한다. 그러나 더 맛있는 음식이 없을 때 덜 맛있는 음식도 우리는 맛있게 먹는다.

햇반 반을 먹으니 나의 식사량으로는 넉넉했다. 약간의 블루베리와 두유 한 병을 마시고 한쪽의 비트를 먹고 식사를 마쳤다. 두유가 그렇게 맛이 좋을 줄은 예전엔 미처 몰랐다. 블루베리의 맛은 어릴 때 먹던 '까마중' 열매 맛과 비슷했다. 비트는 평소에 먹지 않기에 아주 작은 쪽을 가져왔는데 그것이 참으로 맛이 좋았다. 앞으로는 몸에 이로운 비트를 좀 더 많이 먹어야겠다.

결핍의 체험은 이번 달에도 나에게 신선한 감격을 주었다.

2020. 6. 29. (월)

아숨다 수녀님께서 오늘 닭장에서 중닭 한 마리가 탈출을 했다고 보고하셨다. 닭을 찾으려 산으로 올라갔지만 찾지 못하셨단다. 닭은 다른 동물에 잡아먹히지만 않으면 집으로 찾아온다고 염려하지 말라고 헤르만 수녀님이 말씀하셨다. 우리는 항아리에서 알을 품고 있는 암탉을 옮겨주기 위하여 닭장으로 갔다. 이젠 무거운 항아리를 옮기는 일도 수녀님들은 잘한다.

일을 다 마쳤을 즈음 밖으로 탈출했던 녀석이 나타났다. 다니엘 수녀님이 뛰어나갔고 결국 탈출했던 닭은 수녀님 손에 잡혀서 돌아왔다. 입에는 작은 개구리를 한 마리 물고…. 약 두 시간 동안 산 주변을 헤매면서 벌레도 잡아먹고, 얼마나 짜릿하고 두렵고 신나는 세상을 접했을까? 그래도 집이 그리워 다시 돌아왔으니 다행이다.

사람이나 동물이나 이렇게 간혀서 어려움 없이 살기보다 때로는 일탈을 하여 자기 맘대로 살 수 있다. 그게 위험하더라도 넓은 세상을 체험하는 기회가 아닐까. 사실 정문 앞에는 미미와 진동이가 떡 버티고 있는데 저 혼자는 겁이 나서 들어오지 못한다.

2020. 6. 30. (화)

아침 식사 때부터 우리는 할 일이 많아 신바람이 났다. 헤르만 수녀님의 제안으로 수녀원 뒤쪽으로 흐르는 골짜기의 물이 도랑에 철철 흘러넘치는 곳에 망을 씌운 플라스틱 상자를 설치했다. 워낙 물살이 거세어서 고정하기가 힘들다. 우리 장군 다니엘 수녀님이 무거운 돌을 주워서 상자가 떠내려가지 않도록 고정을 했다. 고기가 잡히면 신나는 일이고 아니면 우리 마음을 흥분시킨 것으로도 좋은 일이 된 것이다.

두 번째 기대 만발인 일은 닭들이 풀을 뜯어 먹을 수 있도록 닭장 주변에 망을 치는 일이다. 이건 나의 제안이다. 우리가 안에서 일을 하는 동안만이라도 닭들이 닭장 밖에서 풀을 마음껏 먹게 하는 일이다. 일이 끝나면 종을 치고 맛있는 먹이를 주어서 닭들을 닭장 안으로 불러 모은 다음 문을 걸면 되는 것이다. 그러면 '파블로프의 조건반사'에 의해 닭들을 쉽게 장 안으로 들여보낼 수 있을 것이다. 당분간 훈련이 필요할 것이다.

두루마리 망을 나르고 닭장 주변에 망을 설치하는데, 오전 내

내 시간이 걸렸다. 나는 점심 준비 때문에 일을 끝까지 도와주지 못하고 내려왔다. 내가 식사 종을 칠 때까지 망을 치는 일은 끝이 났다.

새로 부화한 열네 마리의 병아리를 4번 방 안 작은 상자 안에 엄마 닭과 따로 넣어 주었단다. 나는 병아리들이 이처럼 한꺼번에 많이 나온 일에 매우 마음이 들떴다. 나이가 많아도 아직 소녀처럼 우리는 즐거워한다. 저녁에 병아리를 보기 위해 닭장으로 갔다가 병아리를 본 후 진주를 한 번 안아주고 샘을 내는 다른 녀석을 몇 번이나 안아주고 돌아왔다.

2020. 7. 1. (수)

어제 닭들이 풀을 마음대로 먹을 수 있도록 애를 쓴 덕택에 오늘 닭장 문을 활짝 열고 닭들을 밖으로 내보냈다. 그동안 안에만 있다가 자유를 주어도 잘 나가려고 하지 않는다. 그래도 절반 정도는 밖으로 나가서 풀을 먹고 돌아다녔다. 아직도 우리가 움직이는 동선대로 병아리들이 졸졸 따라다녔다. 그러다가 병아리 두 마리가 큰 닭장으로 나와서 놀란 나는 병아리를 다시 안으로 들여보내는데, 한 마리만 성공하고 다른 병아리는 나와 달리기를 하였다. 아직 어린 녀석이 잘도 요리조리 피해 다녔다. 빙빙이를 돌다가 간신히 큰 닭들의 잠자리 쪽에서 다니엘 수녀님이 잡아서 병아리 집으로 넣어 주었다. 얼마나 열심히 달렸는지 숨이 찼다.

그리고 준비한 종을 치고 닭장 안에서 모이를 주니 대부분 닭은 풀밭에서 안으로 들어왔으나 두 마리만 아랑곳없이 돌아다녀 긴 막대기를 들고 중병아리들을 위협하여 마저 들여보냈다. 이 녀석들이 밖에서 자유로이 돌아다니는 것을 보니 흐뭇하였다. 닭들을 위한 '복지시설'은 훌륭하였다.

아직 '파블로프의 조건반사'는 효력이 미미하다.

2020. 7. 3. (금)

연일 새 병아리들이 부화하고 있다. 내일쯤이면 몇 마리가 될지 알 수 있을 것이다. 이제 전체 백 마리가 넘을 것 같다. 오늘은 풀밭에 더 많은 닭이 나가서 풀을 뜯어 먹었다. 이 많은 닭에게 채소를 가져다 먹이기는 너무 힘들었을 것이다. 망을 쳐서 닭들을 위한 복지를 미리 하기를 얼마나 다행한 일인지 참으로 마음이 흡족하다.

오늘은 진동이가 혼자서 뛰어다닐 수 있도록 20미터 정도의 줄을 닭장 앞 끝에서 닭장 저 끝까지 메어 주었다. 개를 위한 이 복지시설은 헤르만 수녀님의 숙원 사업이었다. 진동이가 너무 좋아서 쭈룩 뛰어갔다가 돌아오곤 하였다. 그러다가 발을 절어서 보니 한쪽 발에서 피가 흘러내렸다. 내가 진동이 발을 들어 확인하니 내 손에까지 피가 묻었다. 왼쪽 발을 찔린 것 같았다.

저녁 식사 후 나는 진동이가 가엾은 생각이 들어서 위로해 주기 위해 진동이가 좋아하는 돼지고기 비곗덩어리 하나를 가지고 닭장으로 올라갔다. 그런데 진동이가 보이지 않았다. 개들은 귀와 코가 예민해서 사람의 움직임을 즉시 알아채는데 오늘은 거의 가까이 가서야 진동이가 모로 누워있는 것을 발견했다. 순간 섬뜩했다. 가까이 가도록 누워있다니…. 죽었는가?

"진동아!" 하고 부르니 벌떡 일어났다. 나는 놀란 가슴을 쓸어내렸다. 진동이는 내가 주는 비곗덩어리를 맛있게 먹었다. 새로운 운동 방법이 너무 신이 나서 지나치게 뛰어 완전히 지쳐 버린 것이다. 땅도 파헤치고 개구리도 잡고 두더지 굴도 파헤쳤을 것이다. 나는 진동이를 오랜만에 쓰다듬어 주고 다독여주었다. 그리고 집으로 내려오는데 진동이는 계속 언덕에 서서 나를 보고 있고, 나는 진동이에게 몇 번이고 손을 흔들어주었다.

2020. 7. 4. (토)

아직 어린 병아리를 장애가 있는 보석이가 깔고 잤는지 병아리 입이 어긋나게 돌아가서 심각한 장애가 생겼다. 보석이는 같은 중병아리들 사이에 넣어놓으면 늘 밟히고 눌려서 어린 병아리 사이에 편히 지내도록 함께 두었는데 이런 심각한 문제가 생긴 것이다. 한 번 어긋난 부리는 교정이 안 되었다. 얘는 먹이를 제대로 먹을 수 없게 된 것이다.

밤에 다니엘 수녀님은 장애가 생긴 병아리 입을 교정해주기 위해 집으로 데리고 왔다. 이미 어긋난 입을 교정하기란 불가능한 것 같은데, 정이 많은 수녀님에게 힘든 일이 생긴 것이다.

보석이 때문에 또 다른 사고가 일어날 것 같아, 보석이를 병아리들로부터 분리하였다. 하지만 보석이가 다른 닭들에게 밟힐 것 같아 특별히 보호해 주어야 했다. 죄 없는 보석이는 저보다 더 큰 장애를 다른 병아리에게 주는 빌미가 된 것이다.

2020. 7. 17. (금)

피정을 마치고 어제 집으로 돌아왔다. 여드레의 피정은 꿈같은 시간이었다. 그동안 쌓였던 피로를 싹 날리고 몸도 마음도 리모델링을 하여 돌아왔다. 그런데 닭장에는 불행한 일이 기다리고 있었다. 계속 많은 비가 와서 병아리들이 죽었는데, 그중에 '진주'도 끼어 있었다.

헤르만 수녀님이 진주의 이름을 붙여 주었지만, 진주의 사랑은 단연 내가 차지하고 있었는데, 애석하기가 이를 데 없었다. 이제부터는 닭들에게 이름을 불러주지 않기로 했다. 우리가 이름을 불러준 아픈 닭들은 '보석'이만 남았고 모두 죽었다. 이로써 한갓 동물이지만 이름을 불러주었기에 나의 꽃이 되었던 진주는 허무하게 흙으로 돌아갔다.

2020. 7. 18. (토)

어제 저녁 닭들을 풀어주어 풀을 먹도록 한 후 종을 치고 닭들을 불러 모은 다음 먹이를 주고 문을 잠글 때였다. 2인자인 수탉이 우리의 애를 태우며 닭장으로 들어오지 않으려 했다. 다니엘 수녀님과 나는 열이 받아 그냥 문을 닫고 내려왔었다. '짐승들에게 먹히든지 살아 돌아오든지 모르겠다. 너도 고생 좀 해 봐라'였다. 그런데 오늘 아침 닭장으로 올라가니 닭장 문을 열어 닭들을 밖으로 내보낼 때 그 닭이 잽싸게 닭장 안으로 들어왔다. 다른 닭들은 밖으로 나가는데, 보나마나 밤새 추운 밖에서 두려움과 공포로 떨었을 것이다. 일탈의 대가를 치른 셈이다.

자유와 방종에는 반드시 그 대가가 따른다. 하룻밤 고생을 하는 것으로 끝난 것은 아주 양호하다. 잘못하다가는 목숨과 바꿀 수도 있다. 닭에게 닭장 안의 감금은 안전함과 먹이가 보장된 것이다. 그러나 탈출을 해보지 않은 닭들은 닭장 밖의 세계를 전혀 알 수가 없다. 이럴 때 잘하면 인간은 성큼 자랄 수도 있을 것이다. 그러니 삶은 반드시 흑이다, 백이다 할 수만은 없다.

2020. 7. 20. (월)

휴가 중이라 여동생 집에 있는데 '진동 요셉의 집' SNS 채팅방에 비아 수녀님으로부터 '백봉 오골계'의 사진이 올라왔다. 오늘 성모병원 어린이집에 있는 원장수녀님으로부터 부화한 병아리 열아홉 마리를 입양해 왔단다. 이 녀석들은 외모가 청계보다도 우아하게 멋지게 생겼다.

나는 백봉 오골계를 보고 싶은 기대와 설렘으로 흥분되지만, 휴가 중이라 참아야 했다. 그러나 오골계의 알은 청계만큼 비싸지 않다. 오골계가 알을 낳으면 우리가 먹을 수 있을 것 같다. 오랜만에 만난 여동생과 조카들과 조카손녀를 보는 즐거움도 진하지만 진동의 맑은 공기와 자연이 그립다. 동생에게 이 말을 하면 섭섭하다고 할 것이다. 달리 수도자인가!

2020. 7. 27. (월)

진동이에게는 닭장 옆에 줄을 만들어 준 다음부터 점차 변화가 일어났다. 예전엔 그토록 날뛰고 사람만 옆으로 가면 드러눕고 달려들고 지나친 애정 결핍의 모양을 보였었다. 그래서 그동안 나에게 사랑을 받지 못했다.

신기한 것은 우리가 닭장으로 올라오는 것이 보이면 진동이는 닭장 문 앞에서 뒤쪽까지 전속력으로 달려서 왔다 갔다 한다. 그리고 우리가 가까이 가면 딱 땅에 엎드린다. 우리의 옷 위로 뛰어오르지 않기 때문에, 밤새 닭장을 지킨 진동이가 안쓰러워서 쓰다듬어 준다. 나는 요즈음 진동이를 보기만 하면 칭찬해 주면서 부드럽게 쓰다듬는다. 지금은 우리가 미미와 진동이를 함께 묶어서 산책을 시키지 않는다. 진동이는 온종일 그대로 있어도 문제가 없고, 미미는 내방자가 없을 때는 목줄을 풀어 놓는다. 점잖은 미미는 알아서 잘 처신한다.

진동이의 변화를 보면서 생각한다. 늘 말썽만 부리는 캐릭터는 없다는 것을, 무언가 욕구가 차지 않고 뜻대로 되지 않을 때 이상하게 빗나가는 것이 아닌가를 생각해 본다. 조건이 맞으니 '개도 변하는데'…. 하기는 인간의 조건은 워낙 까다롭고 다양하니 사람이 변한다는 것이 쉬운 일은 아니다.

희생

2020. 7. 28. (화)

간밤엔 계곡에서 흘러내리는 물소리가 너무 커서 밤새 비가 억수같이 퍼붓는 줄 알았다. 그런데 아침에 보니 비가 내린 것이 아니라 도랑으로 흘러내리는 계곡의 물소리였다. 마치 산에서 온종일 물을 짜내는 것처럼 물이 콸콸 흐른다. 베트남에서 온 마리아빈 수녀님은 어제부터 못에서 올뱅이(다슬기)와 새우 잡기에 열심이다. 새우는 빈 수녀님이 베트남에서 먹던 식으로 볶아서 찬으로 내놓았는데 아주 맛있었다. 빈 수녀님은 은근히 음식 솜씨가 좋아서, 내심 내 솜씨가 뒤질까 염려된다. 아주 자잘한 올뱅이를 빈 수녀님과 함께 바늘을 사용해 알을 빼내었다. 내일 귀한 손님이 오시면 특식을 해드리기 위해서 우리는 오늘 올뱅이 국을 먹고 싶은 것을 참았다.

우리가 어릴 때 어머니는 여름이면 올뱅이 국을 자주 끓여 주셨는데, 올뱅이를 자배기에 넣고 북북 치대어서 해감을 뱉게 만든 다음, 숭숭 썬 대파를 자배기에 넣고 치대어서 거품 제거를 한 다음 된장을 넣어 올뱅이 국을 끓이셨다.

올뱅이 국은 된장과 궁합이 잘 맞아 시원하고 매력적인 국물 맛을 냈다. 지금은 어디서도 이렇게 맛있는 어머니 손맛과 같은 올뱅이 국을 맛볼 수가 없다. 올뱅이 국은 나에게 어머니에 대한 추억을 떠오르게 한다.

2020. 7. 29. (수)

성모병원 유치원에서 보내온 열아홉 마리의 백봉 오골계는 그동안 식방 한쪽에 두고 키우다가 오늘 아침 헤르만 수녀님이 닭장으로 옮겨주었다. 먼저 있던 몇 마리가 부리로 오골계를 쪼며 텃세를 했다. 그러자 오골계도 함께 힘을 합쳐 맞섰다. 우리는 수가 많은 오골계가 서로 힘을 합쳐서 적응하리라고 믿고 내려왔다. 오후에 닭장엘 다녀온 헤르만 수녀님이 놀란 표정으로 오골계에게 문제가 생겨서 오골계를 다시 식방으로 데려왔다고 했다. 비가 그치지 않고 오는 데다, 텃세까지 겹쳐 불쌍하게 저희끼리 모여서 비를 흠씬 맞고 떨고 있었다는 것이다. 움직이지도 않고 모여 있는 녀석들을 전부 다시 데려오는 수녀님의 마음은 참

담했다고 한다. 마음이 언짢았던 헤르만 수녀님이 모이를 넉넉히 주어 보상을 해 주었더니 모두 모이통이 터질 듯이 빵빵해졌다. 얘들은 오늘 '지옥'과 '천국'을 넘나들었다.

구약의 하느님은 이스라엘 민족들에게 가난한 이와 '이민족'들을 위하여 여러 가지로 당부를 하셨다. '이집트에서 종살이하던 때를 생각해서' 그들을 잘 대해 주라고 하셨다. 프란치스코 교황님은 난민들을 받아들여 주라고 간곡히 부탁하셨다. 그런데 인간이나 닭들은 이렇게 자기들이 대단한 권한이 있는 것처럼 가난한 이와 이민족과 난민들을 박대한다.

우리 닭장 안에도 병아리들은 주인의 뜻과는 상관없이 이처럼 입양아들을 이민족 대하듯 구박한다. 주인의 입장으로 보면 엄청 괘씸한 일이다.

2020. 7. 30. (목)

나는 아직도 죽은 닭을 만지는 것을 두려워한다. 어제도 중병아리가 한 마리 죽어 헤르만 수녀님에게 닭이 죽었다고 전화를 했다. 그랬더니 수녀님은 나에게 빈 통에다가 넣어 두란다. 내가 징징거리는 목소리로 "그럴 것 같으면 전화를 아예 하지 않았을 것이다."라고 했더니 다니엘 수녀님이 올라왔다. 수녀님은 죽은 중병아리를 감나무 아래에 묻어주었다.

오늘은 '보석'이가 죽었다. 가엾지만 잘 떠난 것 같다. 그동안 사느라 고생을 많이 했다. 그러나 이만큼 크도록 우리의 노력이 만만치 않았는데 연달아 닭들이 죽으니 허망했다. 차라리 잘 자라서 우리에게 음식이 될 수 있다면 보람이 있을 텐데, 물론 내가 닭을 죽이고 털을 뽑고 키운 닭을 먹을 수 있을 것 같지는 않지만, 사랑하며 키운 닭들을 우리가 먹어서 '인성'과 '천주성'에 동참할 기회를 닭들이 놓친 것이니까 안타까운 것이다.

닭들은 인간에게 먹이가 되어 살과 피를 이루어서 '인성'에 동참하고, 우리는 주님의 성체를 받아먹고 '천주성'에 동참한다. 결국, 자연과 모든 동식물은 순환의 법칙을 이루며 주고받는 관계 안에서 살아가는 것이다. 이 얼마나 숭고한 진리인가? 나도 죽으면 어머니 대지의 품 안에 들어가게 된다. 이것을 위해 매일매일을 성실히 살아가는 것이 아니겠는가!

때가 되면 그분을 그리워하며 살던 순간도 마침내 끝이 나고 당신 안에 머무르게 될 것이다.

2020. 8. 1. (토)

수탉 두 마리의 횡포가 갈수록 커졌다. 암탉들을 괴롭히는 것은 물론이고 중간 닭들이 먹이를 쪼아 먹으려고 하면 사납게 부리로 쪼아버려 중간 닭들의 털이 한 움큼씩 빠진다. 우리는 모이를 줄 때마다 그것 때문에 열을 받는다. 그래서 우리는 닭장의 무법자 대장과 부대장을 잡아먹기로 했다. 지금은 병아리가 많아

당분간 수탉이 없어도 되는 데다가 이미 중간 수탉이 그 역할을 할 수가 있다.

오늘 수련소에서 수녀님들이 여럿이 왔다. 열흘 정도 이곳에서 지낼 것이기에 이들에게 우리 닭을 잡아서 먹이기로 했다. 졸지에 한 마리도 아니고 두 마리가 동시에 죽을 운명이 된 것이다. 나는 그렇게 하기로 함께 결정했지만, 그때가 이렇게 빨리 오리라고 생각하지 못했기에 다소 황당한 느낌이었다. 저녁 식사 후 헤르만 수녀님이 자루 한 개를 가지고 닭장으로 갔다. 나는 따라가지 않았다.

수녀님들은 두 마리의 수탉을 죽여서 냉동실에 넣어 두었다. 나는 저녁 내내 마음이 좋지 않았다. 오늘까지 나에게 대장과 2인자 역할을 하던 놈들이다. 자꾸만 머리에 맴돌았다. 그러나 달리 이들의 운이 다하여 팔려나가거나 죽는 것보다 우리의 귀한 수련자와 청원자들과 수녀님들이 먹는 것은 가장 큰 복이지 않을까?

그렇지만 내가 얘들을 먹을 수 있을지 아닐지는 아직 나도 모르겠다. 인도네시아에 있는 맘세나의 로사리오 수녀님이 키우던 돼지 도민고를 잡았을 때 도민고의 고기를 먹지 않고 다른 돼지고기를 사서 먹었다는 말이 실감이 난다. 그래서 나는 우리가 정성을 다하여 키우던 우리 닭들을 먹을 작정이다.

2020. 8. 2. (일)

새벽에 잠자리에서 일어날 때 화장실을 가면 대장 수탉의 힘찬 고성이 들리곤 하였었다. 그런데 오늘은 기상나팔을 불지 않는다. 식사 후 닭장 분위기가 궁금하여 닭장으로 갔다. 닭장 문을 여는 순간 을씨년스러운 분위기가 감도는 것을 느꼈다. 무언가 활기가 빠지고 고요했다. 보통은 수탉들에게 잡히지 않으려고 암탉들은 꼬꼬댁거리며 달아나고, 아니면 수탉끼리 쪼고 달아나고 병아리들도 수탉에게 쫓겨 달리고 야단이었다. 음양의 조화에 제동이 걸렸다.

이제 중병아리가 수탉 행위를 시작하였기에 별문제는 없겠지만, 내가 직책을 부여했던 대장과 부대장이 없어진 이 광경 역시 감내하기가 쉽지 않다. 세상만사 사는 것이 다 이런 것이었나 싶다. 내 마음 안에서 수탉 대장과 2번 서열 닭을 잊는다는 것은 오랜 시간이 걸릴 것 같다. 왜냐하면, 비록 닭에 불과하지만 나는 그들에게 의미를 부여하였기 때문이다.

특히 대장은 처음에 내가 볼 때는 미숙한 수탉이었지만 어느 날 피투성이가 되도록 치열한 투쟁을 하여 승리한 다음 대장으로 승격한 당당한 수탉이었다. 그러나 이 둘은 우리의 음식이 되어 우리와 하나가 될 것이다. 아무리 의미를 부여해도 왠지 내 마음이 짠한 이 감정만은 어쩔 수가 없다.

2020. 8. 3. (월)

대구에서 여덟 분의 사랑하는 봉사회원들과 세 분의 수녀님들이 진동을 찾아오셨다. 나는 젊었을 때도 잘 안 하던 흥분을 요즈음은 곧잘 하는 것 같다. 열심히 준비한 닭개장은 제 실력을 발휘하지 못한 것 같다. 다행히 베트남 빈 수녀님이 마련한 닭튀김에 양념을 묻힌 닭강정은 정말 맛있었다. 우리는 오랜만에 만나 그리움의 회포를 풀었지만 넉넉한 시간이 아니라 아쉬움이 가득했다. 점심 식사 후 다니엘 수녀님이 커피 대접을 하고 빙 둘러앉아서 함께 하는 즐거움을 나누었다.

점심 한 끼에 비싼 사랑의 대가를 받았으며, 간장도 팔아서 마음속으로 좀 미안했다. 그 간장 맛이 무엇보다도 훌륭하여 음식 장만할 때마다 값진 역할을 하기를 바란다.

성당과 닭장을 둘러보았다. 똑똑한 우리 미미는 제집 식구를 어찌 아는지 짖지도 않았다. 그러나 진동이는 반가워서 짖고 난리를 떨었다. 개를 유난히 사랑하는 자매님이 진동이를 쓰다듬어 주었다. 유난히 많은 감나무가 올가을에는 많은 열매를 익혀서 우리 봉사회원들이 오시면 그저 드릴 수 있기를 희망한다.

나는 '예수성심봉사회원'을 정말 사랑한다. 내가 내 글 속에 사랑의 고백을 처음으로 해본다. 그리고 이들을 위해 매일 기도한다. 긴 세월 동안 담당을 하면서 깊이 정이 든 탓이리라.

2020. 8. 4. (화)

날씨가 본격적으로 후덥지근하게 더워졌다. 닭장 안을 들어서면 땀이 줄줄 흐른다. 암탉 한 마리가 옹기 뚜껑의 물 안에 두 발을 담그고 서 있다. 저들이 마시는 물에 이렇게 실례를 하고 있으면서 내가 옆으로 가도 꿈쩍하지 않고 있다.

이렇게 무더운데도 여러 마리의 암탉들이 알 낳는 장소에 작게는 한 마리 혹은 두 마리 많게는 세 마리가 바짝 붙어 앉아 있다. 알을 품으려고 하지만 우리는 계속 병아리를 부화시킬 마음이 없어서 매일 저녁 알을 꺼낸다. 더위 때문인지 거의 알을 낳지 않는다.

함께하는 수녀님이 없는 날 하루는 내가 닭들의 엉덩이를 들어서 알을 꺼내는데 팔뚝에 소름이 싹 돋는다. 먼저 모자로 닭의 눈에 덮고 엉덩이에 손을 넣었다. 아아! 얼마나 장족의 진행인가? 나는 닭들에게 충고한다. "힘들게 그렇게 앉아있지 말고 열심히 먹고 알을 낳아라. 이 뜨거운 삼복더위에 그렇게 있으면 체중이 다 내려간다." 얘들은 절대로 내 말에 양보하지 않는다.

나는 성체조배할 때 숨 막히는 더위에 집중하기가 어려워서 산만하다. 그런데 닭들은 알을 품겠다는 일념으로 꿈쩍하지 않고 가만히 자기의 임무에 충실하다.

하느님에 대한 나의 집념이 암탉만도 못하다는 생각이 든다.

2020. 8. 5. (수)

닭장 안의 풍경은 다시 일상으로 돌아가서 평화롭다. 두 수탉이 사라진 공백도 별로 느끼지 못하는 양 닭장 문을 열어주면 훨훨 날아서 다투어 밖으로 나와서 풀을 먹는다. 그래도 닭장 안을 떠나지 않는 게으름뱅이들이 있다. 전에는 밖을 잘 안 나가고 이 시간이나마 수탉들의 등쌀을 피하곤 하던 장애가 있는 암탉도 여유롭게 밖에서 풀을 뜯어 먹는다. 그래도 이제 막 커 올라온 수탉이 몇 마리가 있다. 이들도 수컷의 행위를 하려고 한다. 이 중에 제1인자가 벌써 생겼는지 제법 벼슬이 빨갛게 잘생긴 놈이 암탉 사이에 자리하고 횃대에 앉아있다. 자연의 법칙인가 신기하다.

우리는 흔히 자신이 없으면 중대한 일에 차질이 있을 것이라는 생각을 한다. 그래서 자신이 참 중요하다고 스스로 생각할 때가 있었다. 그러나 대장과 부대장의 부재를 보면서 느낀 것은 사람 사는 것도 비슷하다는 것이다. 내가 없어도 지구는 돌아간다. 그러나 나는 지금의 나로서 굉장히 중요하고 대단한 사람이기도 하다. 왜냐하면 하느님께서 지금 나에게 이 길을 원하시기에 장상이 나에게 이렇게 살도록 지시하였기 때문이다.

아무리 숙고해 보아도 나는 수도 생활을 잘 택했다. 물론 신께서 나를 불러 주셨기에 가능한 일이지만, 나는 이 생활이 참 좋다. 우선 공동생활이 좋다. 때로는 너무 힘들어서 괴로울 때도 있었지만 모든 것은 지나가고 또다시 새로운 환경에 적응하려고 애쓰기도 한다. 자매들과 함께 일하고 같이 먹고 마시고 기도하고 함께 즐긴다. 그리고 약간의 긴장을 하고 살지만 자유롭게 살아서 좋고, 또 내 마음대로 할 수 없어서 좋다. 나는 다시 세상에 태어나도 이 길을 가련다. 하느님께서 불러 주신다면. 그러나 우리에게는 윤회란 없다. 오직 한 번이 중요하다.

더위와 성숙

2020. 8. 7. (금)

너무 자주 비가 온다. 지구가 많이 '아프다'는 생각이 든다. 그래서 우리 공동체는 지구 살리기에 동참하려고 노력하고 있다. 땅을 살리기 위해 비료를 사용하지 않고 농사를 짓느라 수고가 많다. 고추 농사는 아주 훌륭하게 된 것 같다. 비료를 사용하지 않고 거름을 주고 풀을 뽑으면 땅에 묻고 그 위에 신문지를 덮어준다. 그러면 그 아래에서 미생물들이 활동하여 땅을 포실포실하게 한다. 자연의 이치가 신비롭다. 올해는 커다란 고추가 빨갛고 튼실하게 익었다. 연일 수녀님들은 고추를 따서 건조기에 넣고 말린다.

아침에는 닭장에 들어가니 유난히 암탉들이 불평불만을 한다.

아주 목소리를 쫙 깔고 꼬꼭거리며 잔말이 많다. "뭐가 문제냐?" 내가 닭들에게 꽥 소리를 질렀다. 하긴 연일 비가 오는 통에 밖에서 풀도 못 먹고 산책도 못 하고, 흙 속에서 목욕도 할 수 없고 너무 찝찝하고 괴로울 것이라는 생각이 들지만 난들 어찌하랴, 나도 습하기는 마찬가지인데 닭장에만 오면 전신이 땀으로 흠뻑 젖는데, 너희들도 그저 그러려니 하고 지내거라.

불평불만을 하면 습관이 되고 그러면 죽을 때까지 끝이 없다. 긍정적으로 생각하고 하느님께 감사하며 살자. 그러면 인생은 참으로 아름답고 살만해진다.

2020. 8. 12. (수)

다니엘 수녀님이 피정과 휴가를 떠났다. 그래서 그런지 미미가 나에게 장난을 걸며 친근감을 한참 동안 나타냈다. 내가 움직이는 대로 목줄로 나의 발을 걸었다. 한쪽 발을 줄 밖으로 떼면 다시 줄을 옮겨 진로를 방해했다. 그것이 귀여워 나는 계속 발을 빼고 미미는 자꾸만 내가 가지 못하도록 줄을 옮겼다. 그 모습이 얼마나 깜찍한지! 그러면서 입을 헤 벌리고 웃는 모양으로 나에게 매달린다. 어떻게 알았을까? 아마 다니엘 수녀님이 오랫동안 집에 못 온다고 말했는가 보다. 미미는 장난기가 많고 두뇌가 좋은 것 같다. 사람의 감정 파악도 잘한다.

이렇게 살갑게 대하는 능력은 사람에게도 중요한 것 같다. 친절하고 부드러운 행위는 좋은 관계성을 부르는 것 같다. 나는 미미의 애교에 이렇게 꼴딱 넘어가는 것을 보면서, 더 나은 인간관계를 생각해 본다.

2020. 8. 13. (목)

헤르만 수녀님은 양계와 농사를 위해 계속 공부를 한다. 그래서 더 나은 방법으로 닭을 키우고 농약이나 비료를 사용하지 않고 농사를 짓는 것을 연구한다. 닭들에게 좋은 환경을 마련해 주기 위해 닭을 종일 풀어 놓기로 하였다. 그런데 닭장 출입문을 그냥 열어 놓으면 쥐나 족제비가 들어갈 수 있으므로 입구를 아크릴로 어느 정도 높이로 막아놓고 우리가 넘어 다니고 닭은 날아서 밖으로 나올 수 있도록 해 두었다. 문 옆에는 진동이가 지키고 있어서 좀 위협은 되지만 진동이가 닭장 문 입구까지는 줄이 자라지 않아 다가갈 수는 없다.

우리는 이틀 동안 시험을 했는데 어제는 두 마리만 넘어서 밖으로 나왔고 오늘은 네 마리가 오전에 날아서 밖으로 나왔다. 밖에는 이제 비가 오지 않아 벌레도 많고 신선한 풀도 있고 좋은데, 얘들은 두려워서 밖으로의 탈출을 못 한다. 물리적으로는 큰 문제가 없다. 그냥 날아서 나오고 날아서 들어가면 된다. 진동이를 쳐다보지 않으면 된다. 진동이의 짖는 소리에 닭들은 깜짝깜짝 놀라서 꼬꼬댁거린다. 그러나 진동이는 줄에 매여 있다.

진동이 옆에만 가지 않으면 아무 문제가 없다.

인간도 저 닭처럼 우매할 때가 많다. 무엇이 우리를 옭아매었는지 두려워서 진행을 못 한다. 실패할 것 같은 두려움에 평생 새로운 것에 도전하지 못하는 사람도 많다. 늘 두려움이라는 가느다란 줄에 매여 날지 못한다. 그러나 저 닭대가리들도 우리의 기다림에 힘입어 점차로 많은 닭이 더 나은 삶의 질에 도전할 것이라고 기대한다.

2020. 8. 14. (금)

비가 온 후 날씨가 기온이 치오르며 무더위가 극성을 부린다. 7시쯤 미사를 가기 위해 1층으로 내려왔다. 맞바람이 통하는 곳에 앉아서 하늘을 올려다본다. 구름이 쉼 없이 지나간다. 바닥을 가만히 내려다보니 이 시간에 사람보다도 더 빨리 부지런히 일하는 것은 개미 부대다. 자기 몸보다도 3~4배 더 큰 것을 물고 낑낑거리며 애를 쓴다. 비가 오는 바람에 개미는 오랫동안 일을 하지 못하고 있다가 이렇게 일찍 움직이고 있다.

한낮에는 매미가 쐐와아 맹렬하게 울어댄다. 옛날에는 매미의 울음소리가 맴맴매암~ 하고 운치 있게 울었었다. 지금은 정열적으로 울어대지만 정겨운 소리가 아니라 커다란 소음으로 주변의 공간을 채운다. 그러나 땅속에서 7년을 지내다가 이 세상에 나와서 한 달만 살고 떠난다니 마음이 급할 것이다. 그동안 계속 비가 온 관계로 빨리 짝을 만나 자기 임무를 완수하고 세상을 떠나야 하니 마음이 조급할 것이다.

언젠가는 아침 미사를 가는 중에 매미 한 마리가 소리를 내면서 날아가는데, 잽싸게 새 한 마리가 따라가서 한입에 매미를 잡아먹었다. 그 광경은 참으로 안타까웠다. 이 매미는 7년을 기다렸는데 한순간 새의 먹이가 된 것이다. '약육강식'이다. 세상 돌아가는 이치리라. 그러나 매미는 집 한 채 없는 청렴한 삶으로 군더더기 하나 없이 깔끔하게 살다가 누구에게도 해를 끼치지 않고 살다가 홀연히 세상을 떠난단다.

2020. 8. 16. (일)

아침부터 닭들을 숲에 풀어주기 위해 헤르만 수녀님과 가타리나 수녀님과 나는 닭장으로 올라갔다. 두 수녀님은 병아리들에게 줄 풀을 낫으로 제법 많이 베어왔다. 진동이를 그 자리에 그대로 두고 닭장의 닭들을 문밖으로 불러내는 훈련을 하느라 닭들을 밖으로 나오게 했다. 나는 진동이에게 먹이를 주고 있었는데 갑자기 진동이가 쏜살같이 닭 한 마리에게 달려들었다. 순식간에 암탉은 꼬꼬댁거리며 난리가 났다. 진동이의 추격을 받던 닭은 너무 놀란 나머지 날지도 못하고 뛰는데 거의 진동이에게 잡힐 지경이 되었다. 그러나 진동이가 문 것은 닭의 한 움큼의 털이었다. 털이 공중으로 날아다녔다. 끔찍한 사고가 우리의 눈앞에서 벌어질 뻔했다. 우리는 너무 놀란 나머지 이마에서 식은땀이 흘렀다.

닭장 문을 지키는 데에는 진동이보다 더 적임자가 없는데 진동이보다 더 위험한 존재도 없는 것 같다. 그것이 우리의 고민이다. 진동이는 닭들 때문에 자기의 전 존재와 시간을 바친다. 그런데 틈만 나면 닭들을 위협하고 괴롭힌다. 아마 닭을 쫓을 때면 유희의 기쁨과 기대감을 느끼는 것이리라. 나름대로 '보상'을 바라는 것이리라. 닭들 편에서 생각하면 밤낮으로 버티고 있는 저놈만 없으면 우리가 짐승에게 물려가든 마음껏 풀밭에서 즐기든 우리 자유인데, 왜 사람들은 그 위험을 우리보고 감수하라고 하는 것일까?

주인 편에서 생각하면 그래도 지킴이가 있어야 대형 사고를 미리 예방할 수가 있는 것이다. 그러나 어떻게 하면 좀 더 나은 방법인지는 계속 시험해 보아야 하겠다.

하느님께서도 인간에게 모든 것을 허락하시지는 않는다. 인간은 하느님의 심오한 뜻을 모른다. 그저 마음에 안 들면 불만하고 다른 길로 새는 것이 인간이다.

2020. 8. 19. (수)

닭장 일이고 농장 일이며 무더운 날씨에 한계가 왔다. 그래서 우리는 일찍 일어나서 기도 후 밭일을 하기로 했다. 나는 다소 예민한 편이라 아침 4시 10분에 잠이 깨어서 성무일도를 하고 간단히 식사 준비를 했다. 5시 30분쯤 수녀님들과 같이 농장엘 나갔는데 아직 어둠이 다 걷히지 않았다.

다니엘 수녀님이 피정 중이라, 수녀님 밭으로 가서 나와 아숨다 수녀님은 고추를 따고 헤르만 수녀님과 가타리나 수녀님은 고춧대를 세웠다. 이른 새벽에 웬일인가 싶은지 모기떼가 극성을 부렸다. 얼굴로 팔로 엉덩이로 마구 각다귀처럼 달려들었다.

겉옷이고 신발이고 이슬에 푹 젖었다. 우리는 빨갛게 잘 익은 고추만 골라서 제법 많이 땄다. 비아 수녀님 밭에서는 약간의 고추만 땄으며 헤르만 수녀님 밭에서도 약간의 고추를 수확했고 가지도 많이 땄다. 나는 진동에 와서 지금까지 살면서 먹었던 가지의 양보다 훨씬 많은 가지를 해서 먹었다. 유기농, 아니 미생물 가지라 늘씬늘씬하고 쭉쭉 빠졌다. 내가 살짝 삶아서 찢어 무쳐 놓으면 모두 좋아했다.

수도 생활을 하면서 기도를 하느라고 밤중이나 새벽에 일어나기는 하였지만, 농장일을 하느라 새벽에 일어나기는 처음인 것 같다. 모기와 날파리에 시달렸지만 신선한 고생을 한 것 같다. 농민들의 애로를 알 것 같다. 아무리 노동을 해도 수입은 정말 별 볼 일 없다는 것이다. 농사를 지어서 자녀 교육과 결혼을 시키자면 분골쇄신을 하여야 가능할 것 같다.

8월 한 달은 우리가 이렇게 아침 일찍부터 일을 하고 낮에는 쉬기로 했다.

2020. 8. 21. (금)

저녁 무렵 닭장으로 가서 알을 확인하는데 예상대로 문제가 생겼다. 적어도 요즈음 들어서 하루에 일곱, 여덟 개의 알을 낳는데 세 개만 확인됐다. 닭들은 어디에다 알을 낳아 두었을까? 풀 속에다 낳았을까? 산에 올라가서 낳았을까? 아마 자기들 생각에 아주 은밀하고 안전한 자리를 찾아서 낳았을 것이다. 나는 보물찾기 하는 마음으로 찾아다녔지만 찾을 수 없었다.

청계란 다섯 개의 분실은 돈 5천 원의 분실과 다른 느낌이다. 그 알은 누구의 차지가 되면 아깝지 않을까? 이곳에 사는 다른 새들이 먹어주면 마음에 들까? 아니면 들쥐가? 그건 아닌 것 같다. 그러면 뱀이? 그건 내가 싫다. 그렇다면 뭐가 덜 억울할까?

그렇다. 숲의 영양보충을 시키는 것이다. 그것이 썩어서 좋은 거름이 되면, 나무와 숲에 양질의 영양소가 될 것이다. 여기까지 생각하니 아깝다는 마음이 사라졌다.

2020. 8. 22. (토)

헤르만 수녀님의 배려로 이른 아침 밭에 나가는 대신 나는 수녀님들을 위해 간식을 나르고 식사 준비를 하기로 했다. 7시 30분쯤 빵 한 조각과 음료수를 가지고 정길 씨와 수녀님들에게 각각 배달했다. 그리고 미미에게 아침을 주고 물을 주었다. 미미는 어제저녁 풀어준 목줄을 다시 끼우려 하자 협조를 하지 않았다.

할 수 없이 내가 미미가 사료를 다 먹을 때까지 기다려서 식사를 마치고 난 뒤에야, 나에게 목을 디밀어 줄을 매도록 허용했다. 나는 미미가 식사를 하는 동안 앉아서 귀여운 모습을 보아주어야 했다.

닭들은 참외 껍질을 정말 잘 먹었다. 헤르만 수녀님 밭에서 농사지은 참외는 우리가 먹기에는 비가 너무 온 관계로 맛이 떨어져서 닭들에게 먹이로 주었다. 병아리들은 특식으로 잘 먹었다. 수박 껍질 역시 이들에게는 별미다. 안을 다 파먹으면 종잇장처럼 껍질이 얇아져서 도르르 말린다. 나는 어제 먹은 과일 껍질을 해가 뜨겁기 전에 오늘은 미리 닭장으로 가져갈 수가 있었다. 아침에 일찍부터 일을 시작하니 많은 일을 할 수 있었다.

낮 동안은 더위에 선풍기를 켜고 앉아서 글을 쓰고 책을 읽으니 신선이 따로 없다. 나는 하느님께서 나에게 이처럼 호사를 누릴 수 있는 시간은 오래오래 허용하시기를 빈다.

2020. 8. 23. (일)

헤르만 수녀님이 어제 병아리들에게 저녁을 먹이고 문을 열어주는 것을 잊고, 나도 아침에 닭장을 가지 않았기에, 저녁에 우리가 닭장엘 갔을 때야 병아리들이 그 통에서 벗어날 수 있었다. 이 더위에 그 좁은 게이지 안에 가두어 두고 우리는 그것들을 잊고 있었다. 병아리들은 온종일 물도 먹지 않고 우리를 기다리며 지낸

것이다. 그야말로 생고생을 시킨 것이다. 얘들을 풀어놓는 순간 전부 물그릇으로 가서 물을 먹었다. 너무 안쓰러운 장면이다. 우리는 얘들에게 너무 미안했다. 잘해주려고 한 것인데 엄청난 고통을 준 것이다. 우리들의 잘못으로 짐승들을 고생시키는 일이 종종 있다. 그러나 우리는 특별하게 미안해하지 않는다. 그냥 우리는 약간의 자책을 한다.

만약 인간이 겪게 되는 고통과 비참을 당하게 된다면 인간은 신에게 절규하고, 혹은 사람들 때문에 극심한 고통을 당하게 된다면 복수를 하려고 시도한다. 예기치 않은 시련을 겪게 된다는 것 자체가 인간에게 부당하거나 인간이 손해만 당하는 것일까? 그것은 아니다. 매우 부조리한 일을 겪게 되더라도 그것을 극복할 때마다 인간은 부쩍부쩍 자라고 성숙으로 한 발짝 나아간다. 시련 없이 인간이 저절로 크는 일은 아마도 불가능할 것 같다.

생선은 사람들 손에 의해 소금을 뿌려서 절이는 과정을 통해서 잘 숙성되어 맛 좋은 간절임이 되는 것처럼, 사람은 신의 섭리에 의해 '단련함'을 받아서 성숙된다. 그러므로 우리의 삶에서 좋은 것이 다 좋은 것이 아니며, 고통이 다 나쁜 것만은 아니다. 그러나 고통이 좋다고 고통을 희망하지는 않는다.

2020. 8. 25. (화)

우리가 닭들을 위해 여러모로 신경을 쓰고 노력을 하지만 때로는 의도하지 않은 변수가 생기곤 한다. 부리가 비뚤어진 병아리는 쌀 항아리에 넣지 않으면 전혀 먹지를 못해서 요즈음은 늘 항아리에 넣어두었다가 닭장을 나올 때쯤 꺼내준다. 그런데 그제는 우리가 돌아올 때 병아리를 꺼내는 것을 잊고 그냥 돌아온 바람에 그 애는 7시간을 항아리에 갇혀 있어야 했다. 그런데도 모이통을 만져 보면 거의 먹지를 못했다. 가엾게도 애는 언제 죽을지 모르겠다. 희한한 일은 잘 지내던 닭들이 많이 죽었는데 애는 아직도 살아 있다는 것이다. 그 많은 먹이를 보고도 집어 먹을 수 없는 모진 병에 걸린 것이다. 얼마나 안타까운 일인가!

무엇이든 먹을 수 있고, 먹을 것 또한 있다는 것은 얼마나 감사한 일인가? 우리는 지극히 간단한 이 식욕에 대한 충족을 감사해야 한다고 생각한다. 너무나 당연한 것처럼 늘 더 맛있는 것을 탐한다면 이 지상에 굶고 있는 모든 이들에게 못할 일을 하는 것이다.

2020. 8. 26. (수)

우리 수녀님들이 봄부터 지금까지 정말 열심히 고추 농사를 지었다. 비가 오나 땡볕 속에서나 수없이 많은 손길을 거친 다음 마침내 빨갛게 잘 익은 고추를 따서 하나하나 손질을 거친 다음

햇빛에 말린 후 최종적으로 고추 말리는 건조기에 넣어 마지막에 제대로 건조한다. 그리고 오늘 그 일부를 팔았다. 늘 우리를 잘 도와주시는 자매님이 이 확실한 유기농 고추를 사기 위하여 오셨다. 저울에 달아보니 일곱 근이었다. 한 근에 3만 원, 일곱 근이면 21만 원이다. 수녀님들의 수고를 생각하면 210만 원이라도 많은 돈이 아니다. 농사를 짓는다는 것은 숭고한 일이다. 나는 이 글을 쓰는데 가슴이 아릿해지며 눈물이 흐른다. 늘 젖어 있는 수녀님의 작업복을 보면 마음이 찡해지며, 참으로 노동을 하는 수녀님들이 거룩해 보인다. 대견스러운 일은 손수 지은 좋은 농작물을 우리가 먹을 수 있다는 것이다.

농민들은 이른 아침부터 수많은 중노동을 하며 열악한 조건에서 수고해도 결코 부자가 될 수 없는 수입을 벌어들인다. 그러므로 쉽게 팔릴 수 있는 보기 좋은 농작물에 승부를 건다. 미생물 농작물은 모양이 잘 나지는 않는다. 그래서 비료나 농약 없이 제대로 농사를 짓는 일은 쉽지 않다. 그러자니 애써 지은 농작물을 팔아도 비료와 농약값을 제하고 나면 남는 돈이 얼마 안 된다. 농민들의 땀은 숭고하다. 새삼 그분들의 노고가 가슴 깊숙이 들어온다. 왜 전에는 몰랐을까? 너무 긴 세월 머리만 움직이고 살아서 그런가 보다. 이제는 책도 많이 읽지 않는다. 몸이 피곤하기도 하려니와 산천초목이나 대자연, 그리고 닭들이나 미미와 진동이, 새들과 바람 그 모든 것이 나에게는 소중한 책이다.

2020. 8. 28. (금)

진동이 앞에 죽어있는 닭을 헤르만 수녀님이 발견하고 닭을 들고 나에게 소리쳤다.

"수녀니임~ 닭이 죽었어요."

나는 이쪽에서 "왜요?" 하고 소리쳤다. 다른 때 같으면 우리가 닭장으로 올라갈 때 진동이는 우리를 보고 꼬리를 흔들면서 반대 방향으로 달리기를 하는데, 오늘은 우리 쪽으로 올 마음이 없는 것 같았다. 헤르만 수녀님이 진동이 앞으로 갔을 때, 가엾게도 청계 암탉이 진동이 앞에서 꼼짝하지 않고, 진동이는 그 암탉을 가만히 내려다보고 있더란다. 헤르만 수녀님은 땅에 닭을 내려놓고 먼저 진동이의 끈을 고정시켰다. 그리고 이쪽으로 건너오는데 닭은 손에 없었다. 수녀님이 닭을 찾으니 그 녀석은 이미 저만큼 떨어진 곳에서 다른 닭들과 풀을 뜯고 있더란다. 진동이는 살아 있는 닭을 보면 여지없이 잡으려 하는데 이 무슨 일인지 모르겠다. 죽은 것 같던 닭을 가만히 내려다보고 있던 진동이는 속절없이 다 잡은 암탉을 놓친 것이다. 너무 놀란 나머지 닭은 잠시 혼절을 했던 것일까? 참으로 닭장에서는 희한한 일들이 자주 일어난다. 청계 암탉은 오늘 운수 좋은 날이다. 지옥과 천당을 오간 날이다. 닭들을 풀밭에 풀어 놓을 때 닭들은 겁 없이 진동이 가까이에서 풀을 뜯어 먹고 논다. 그러다가 오늘 아주 심장이 멎을 뻔한 일을 겪은 것이다.

우리의 일상사에서도 크고 작은 일이 수없이 일어난다. 밤새 일어날 수도 있고, 일하는 중에 사고를 당할 수도 있고, 차를 타고 가다가도 변이 생길 수도 있다. 이런 것을 다 생각하면 신경불안증으로 빨리 죽을 수도 있다. 그래서 무조건 아침에 눈 뜨면 오늘을 허락하신 하느님께 찬미와 영광과 감사를 드리고 밤에 잠들기 전에도 이렇게 감사의 기도를 하고 잠든다. 내 모든 것을 당신께 맡기는 것이다. 나야말로 그분께서 원하시는 대로 해야지 달리 어쩔 수가 없지 않은가! 이날까지 이렇게 살아온 것도 얼마나 감사한 일인가!

앞으로의 내 삶도 전적으로 당신이 나의 주인이시다.

2020. 8. 30. (일)

닭장 차례가 헤르만 수녀님에게서 다니엘 수녀님으로 바뀌었다. 비아 수녀님은 아직도 다리가 회복되지 않아 차례를 할 수 없다. 가장 많이 닭장에 오르내리는 나는 차례에 들어가지도 못한다. 다소 불합리한 일이지만 내가 좋아서 하는 일이니 크게 개의치 않는다. 그러나 가끔은 나도 인정을 받고 싶다. 다 부질없는 일이지만, 인간은 왜 이 모양일까? 사실 그분만 아시면 되는 것 아닌가? 수도 생활은 자기 자신을 위해서 하는 것이지 남을 위해서 살아주는 것은 아니다. 그런데 우리는 가끔 남으로부터 감사하다는 소리를 듣기를 원한다. 그분께 봉헌되고 그분께 축성된 몸인데 말이다.

오늘 제법 큰 중닭이 죽어있는 것을 발견했다. 어제 진동이 앞에서 쇼크가 일어났던 놈인 것 같다. 결국, 사람이나 짐승이나 심장이 멎을 만큼 큰 사고를 겪으면 여간해서 살아가기가 힘들다는 것을 느꼈다. 충격이 큰일을 겪을 때도 우리는 대범한 마음을 가지는 것이 여러 모로 좋다. 수녀님들은 닭이 죽으면 감나무 아래에 묻어준다. 그러면 미생물이 그것을 분해하고 거름이 되어 나무는 튼튼히 자라고, 감나무는 많은 열매를 맺어 일부는 미리 땅에 떨어져서 닭들의 먹이가 되고, 일부는 가을에 우리의 차지가 되는 것이다.

2020. 8. 31. (월)

요즘은 창문을 열어놓고 잠을 자니 자연 밤하늘을 자주 쳐다본다. 그럴 때면 나는 내가 이렇게 살아서 휘영청 밝은 달을 보고, 반짝이는 별을 보고 있다는 사실이 꿈속에서 일어나고 있는 일처럼 느껴지곤 한다. 수련자 때 창문을 열어놓고 잠잘 때면 밤하늘의 별을 바라보면서 생텍쥐페리의 '어린왕자'에 대한 생각을 하곤 했었다. 그러나 긴 세월 동안 수도 생활을 하면서 현실에 대한 충실성이나 책임감, 직무에 대한 부담감 등으로 점차 감성이 둔해지고 무감각해졌다.

요즘은 너무 더워서 우리는 한낮이면 가끔 휴식을 취하고 주일이면 드라마나 영화도 시청했다. 그러면서 나는 나에게 놀랐다. 오랜 세월 동안 아무리 슬픈 장면을 보아도 나는 눈물을 흘리지 않았다. 젊을 때는 아주 잘 울었는데, 감정이 메말라 있었다. 그런데 요즘은 심하면 소리까지 내면서 울다니 나는 나에게 적응이 잘 안 된다. 진동에 온 후로 감정 순화가 많이 된 것 같다. 나에게도 따뜻한 정감이 있다는 것, 원래 있던 것이 세월의 풍파에서 지워진 것이 다시 살아난다는 것이 신기하다. 때 묻은 나의 본성이, 더욱 순수하기를 바란다. 다른 쪽으로는 '열정'이 많이 사라진 것 같다. 어차피 그 길로 가야 할 때가 온 것이다.

가을

주님 손안의 연장

감사

낭만과 살상

인연

겨울 준비

추운 날, 따뜻한 추억

주님 손안의 연장

2020. 9. 2. (수)

오늘은 나 혼자 먼저 닭장으로 올라왔다. 수녀님들은 다른 일들로 바빠서 내가 먼저 온 것이다. 진동이를 뒤쪽 감나무에 매어놓고 닭장 문을 열어주었다. 닭들은 기다리고 있었다는 듯이 기운차게 밖으로 뛰어나오는 놈에, 날아서 나오는 놈에 정말 장관이다. 대략 한 시간쯤 풀어놓으면 닭들은 자유롭게 풀을 뜯어 먹는다. 나는 혼자 앉아서 그놈들을 보다가 좀 무료함을 느껴 휴대폰을 꺼내 인터넷 뉴스를 읽고 있었다. 그런데 암탉 한 마리가 가만히 내 곁에 바짝 다가와서 조용히 한참 동안 서 있다가, 뭔가 이상해서 내가 저를 쳐다보니 슬그머니 지나갔다. 그 꼴이 너무 웃겨서 혼자 보기가 아까웠다. 마음을 다하면 다른 동물들이

나 세상 모든 것과도, 교감이 가능하다.

2003년 여름, 내가 대구가톨릭대학교 기숙사에서 근무할 때였다. 나는 '비단잉어'를 기숙사 연못에 키우는 데 공을 들였었다. 이른 아침이면 기도와 묵상이 끝나면 연못으로 나가서 비단잉어들을 위하여 성가를 불러주곤 하였다. 연못에는 알록달록 예쁜 잉어들로 넘쳐났다. 내가 노래를 부르면 잉어들은 화답하듯 둥근 원을 그리며 돌고 돌았다. 그런데 연못에 녹조현상이 일어나서 나는 경비 선생님들을 시켜서 녹조 제거제 약을 풀었다. 그때 붉은 점박이 예쁜 암컷 비단잉어 한 마리가 세 시간 동안이나 물 속에 있다가 물 위로 올라오기를 반복하였다. 나는 이 녀석이 너무 가여워서 저녁 무렵에 "이리 온나!" 하고 잉어를 불렀다. 당시 나는 경상도 어법을 연습할 때였다. 사경을 헤매던 잉어는 나의 부름에 물가로 나왔다. 나는 잉어의 머리 위에 +표시를 해주면서 "하느님, 얘가 너무 불쌍합니다. 살려주세요." 하고 기도했다. 그리고 또 한 번 "이리 온나." 하고 불렀다. 달아나던 잉어가 다시 왔다. 마음이 동한 나는 다시 "이리 온나." 하고 세 번을 불렀다. 이놈은 세 번을 나에게 왔다.

밤에 나는 잠이 오지 않았다. 그 감정은 몸에 전율이 일어나듯 짜릿했다. 미물인 비단잉어가 나에게 이렇게 반응을 하다니 놀라웠다. 인간이 하느님께 깊은 애원과 반응을 할 때는 인간의 애원 이전에 하느님의 자비의 손길이 먼저 있었기에 인간은 그분께 매달린다는 것을 그 밤에 나는 깨달았다. 하느님께서 그를 불쌍히 여겨서 고쳐주시고 돌아보신다. 비단잉어가 나에게 도움의 손길을 응한 데 대한 신선한 충격에 그 밤에 잠이 오지 않았다.

다음날 비단잉어는 멀쩡한 몸으로 연못 위를 헤엄을 치고 다녔다. 나는 다시 "이리 온나." 하고 불렀으나 잉어는 아무런 반응을 하지 않았다. 그럴 필요가 이제는 없다는 듯이, 마치 인간이 긴급할 때가 아니면 하느님을 외면하듯이, 세상 모든 만물의 이치는 이와 비슷하게 돌아간다.

2020. 9. 3. (목)

태풍 '마이삭'이 지나가면서 우리 공동체에도 적지 않게 손해를 끼쳤다. 특히 거센 바람에 의해 동백꽃 나무 한 그루, 감나무 한 그루, 메실 나무 한 그루가 뿌리까지 뽑혀 나갔다. 게다가 많은 감과 밤이 여물기 전에 우수수 떨어졌다. 온 주변을 할퀴고 수많은 나뭇가지와 나뭇잎을 떨어뜨리고 지나간 것이다. 비록 그렇다고 하더라도 오늘 아침 미사를 갈 때는 어느 때보다도 녹색이 싱그럽고 세상이 깨끗하니 청초했다. 덩달아 나의 기분도 약간 들뜨며 즐거움이 솟아올랐다. 하느님께서 선사하신 기쁨이다. 왜냐하면, 뚜렷하게 좋은 일이 있는 것이 아니고 오히려 손해가 발생하는 일들이 있는데도 불구하고 찾아온 기쁨이기 때문이다.

인간들이 만들어 놓는 일들은 자연을 괴롭히고 해가 되며 자연을 못살게 등쌀을 부리는 일들이 대부분이다. 그러나 자연은 자기를 살리기 위해 태풍을 일으키고 해일을 불러오며 지진을 일으켜 땅을 둘러엎는다. 그러면 바다는 자정작용을 하고, 비행기는 멈추고 차들은 운행을 지연하고 사람들은 여행을 자제한다. 그러면 지구는 다소 스스로 정화된다.

2020. 9. 5. (토)

벌써 하늘엔 구름이 잔뜩 끼고 빗방울을 뿌리고 있다. 또 다른 태풍을 대비하느라 우리는 아침부터 분주하다. 나는 생전 처음으로 '산초나무'를 이곳 진동에서 보았고, 이제 그 열매가 익어 오늘 수확을 했다. 수확이라야 대단한 것이 아니다. 가위로 빨간 알맹이가 서로 붙은 것을 잘라서 따는 것이다. 키가 2.5미터쯤 되는 나무에서 딴 것인데 다 모아도 한 움큼이 될 만한 정도의 양이다. 이것을 말려서 가루를 내면 한두 숟가락의 검정 산초 가루를 얻을 수 있을 것이다. 내가 오늘 아침 추수한 산초 열매는 그만큼 비싼 값어치의 일이다. 사실 산초 가루가 얼마나 비싸고 귀한지 나는 모르지만 말이다. 이 향신료는 '추어탕'을 끓여 먹을 때 약간만 넣어도 세상 맛있는 추어탕으로 변신하게 하는 훌륭한 역할을 한다.

비아 수녀님은 요즈음 '천연 세제'를 만드느라 분주하다. 어제부터는 세탁 비누를 만드는데 야무지게 예쁘게 잘 만들었다. 그 작품은 깔축없이 만들어져서 꼭 수녀님의 스타일대로 된 것 같다. 아직 회복 중인 다리 때문에 고생이 많지만 그래도 그만하기를 얼마나 다행한 일인지 모른다. 수녀님은 잘 참고 지내지만, 다리 통증으로 인내심이 많이 필요하다.

2020. 9. 6. (일)

태풍이 지나가고 난 후 나는 큰 가방을 가지고 낮은 산에 가서 채 익지 않은 밤을 많이 주워왔다. 그것을 다니엘 수녀님이 겉껍질을 억지로 벗겨내는 작업을 하고 내가 삶아서 한 소쿠리 담아 놓았다. 미영 가타리나 수녀님이 속껍질을 몇 시간이나 걸려 벗겨 내어 모두 실컷 먹었다.

오늘 밤이면 태풍 '하이선'이 지나간다고 어수선하다. 이미 바람이 휘휘 불어온다. 사방이 어두컴컴하다. 오늘 오후는 공동방에 모여 매우 감동적인 영화 '인생은 아름다워'를 시청하였다. 이태리 영화로서 나치 시대의 어두운 역사를 지닌 영화이지만, 내용이 코믹하면서도 슬프도록 아름답고 짙은 사랑이 깃든 영화이다. 저녁 내내 감상에 젖어 지냈다. 그토록 불행한 환경에서도 아들을 위한 사랑에서 아버지의 깊은 사랑은 얼마나 숭고한지, 사랑은 불가능을 가능하게 하는 초월한 힘을 내재한다.

2020. 9. 8. (화)

닭들은 내가 저들의 보호자인 것을 확실히 안 것 같다. 오늘은 오랜만에 밖으로 풀어 놓았더니 아주 좋아서 살판이 났다. 어떤 놈은 메뚜기를 한 마리 입어 물고 죽어라 뛰면서 삼켰다. 몇 놈들이 내 앞에 바짝 다가왔다. 나는 가만히 앉아서 닭들을 조용히 응시했다. 다른 놈들은 물러가고 한 녀석은 나의 운동화를 찍으면서 풀을 뜯는데 내 바지까지 다가왔다. 나는 이 녀석이 도망가지 않도록 조용히 앉아 있었다. 나는 닭들에게 전혀 위협이 안 되는 사람으로 인정받은 것이 기뻤다. 그러나 다른 면에서는 그놈들은 내가 가까이 가면 도망간다. 병아리 장에 들어간 큰 닭들은 나를 보면 얼른 밖으로 나온다. 7개월 넘게 친분을 쌓으니 이제 교감이 통하는 것 같다.

어찌 생각하면 웃기는 일이다. 닭들이나 개에게 인정을 받는 것이 뭐가 그리 장할까마는 그래도 기분이 꽤 괜찮은 것은 확실하다. 그러니 사람에게 인정받고 사랑을 받는다는 것은 얼마나 좋은 일인가? 그뿐인가? 어때, 신께서 나를 인정해 주시고 그분으로부터 사랑받는다면 이보다 더 바랄 것이 무엇이 있겠는가!

2020. 9. 9. (수)

어제 오후 밖에 나갔다가 안으로 들어오지 못한 수탉 한 마리가 아침에 닭장엘 가니 바짝 문 앞에 다가왔다. 그러나 나는 문을 열어놓지 않았다. 이 시간에 문을 열어 두면 다른 닭들이 우르르 몰려나오면 혼자 감당하기가 어렵기 때문이기도 하지만, 이 말 안 듣는 닭의 버릇을 고치려면 집 나간 닭이 쉽게 닭장 안으로 들어가면 안 된다. 이 녀석은 내가 닭장 안을 들랑거릴 때마다 어정거리며 다가오기를 몇 번이나 하였지만, 오후가 될 때까지는 어림없다.

공동생활에는 닭이나 사람이나 마찬가지이다. 규정을 지킬 것은 지켜야 한다. 자기가 하고 싶은 대로 한다면 모두가 어려워진다. 자유 안에도 그 선을 지켜야 한다. 가정 공동체도 마찬가지다. 어느 구성원 하나가 제멋대로 한다면 모두가 피곤하고 괴롭다. 그렇기에 책임자는 벌칙을 주는 것이다. 내가 잘못을 하였는데 아무도 벌을 주지 않으면 스스로가 자신에게 보속을 부여해야 한다. 말하자면, 공개적으로 자신의 실책에 대하여 고백하는 것도 하나의 속죄 행위이다. 자신의 잘못을 어물쩡 넘어가면 안 된다.

2020. 9. 10. (목)

이제 제법 큰 중닭이 된 검정 청계가 내가 옆으로 가도 밥도 안 먹고 가만히 있다. 어디가 아픈 것 같다. 내가 가만히 닭을 붙드니 조용히 잡혔다. 나는 한참 동안 닭을 가만가만 쓰다듬어 주었다. 물을 나르면서 일을 하면서도 닭을 안고, 한 손으로는 닭들이 마실 물을 갈아 주었다. 다른 닭들이 우리를 쳐다본다. 이제 나는 명실상부 닭의 엄마가 된 듯하다. 한참 만에 닭이 아프지 않도록 기도하면서, 닭을 땅에 가만히 내려놓았다.

하느님도 아픈 인간들에게 극진히 마음을 쓰신다. 그러기에 우리 주님을 세상 한가운데로 보내셨다. 몸이 아픈 사람들, 마음이 아픈 사람들, 공연히 불만스러운 사람들, 그 모두를 불쌍히 보신다. 딱 내가 닭들에게 느끼는 감정들을 주님께서는 우리 인간들에게 느끼신다. 한 번이라도 우리 주님의 극진한 사랑을 체험한 사람들은 참으로 인간을 향한 하느님의 무한한 사랑을 깨달을 것이다. 수없이 많은 사랑과 보살핌을 우리는 하느님으로부터 받고 있다. 아니라고 하지는 못할 것이다. 우리가 아무리 부족하고 미흡한 인간이지만, 그분의 크신 사랑의 그늘이 아니라면 하룬들 어찌 마음 편히 지내겠는가!

2020. 9. 11. (금)

어제 아팠던 암탉이 오늘은 밖으로 나와서 풀을 뜯어 먹고 있다. 그런데 변강쇠 같은 수컷 녀석 하나가 힘없이 아픈 닭에게 짝짓기를 시도하려 했다. 암탉은 사력을 다해서 내 옆으로 도망쳤다. 나는 얼른 아픈 닭을 안았다. 닭은 놀란 나머지 눈을 감고 가만히 있었다.

쌀을 한 줌 손바닥에 얹어 놓아도 먹지를 못했다. 가만히 땅에 내려놓고 모이를 주니 두어 번 찍어 먹어본다. 그리고 다시 눈을 감고 있다. 얼마 안 갈 것 같다. 그런데 제 앞에 있는 쌀을 먹으러 다른 닭이 오니, 못마땅해서 꼭꼭댄다. 나는 아픈 닭을 닭장 안으로 데리고 가서 땅에 놓았다.

다니엘 수녀님이 보니 변강쇠 수컷이 또 이 닭을 괴롭혔다고 한다. 수녀님이 열이 받아 돌을 던지니 수탉이 삐져서 닭장 밖으로 도망을 갔단다. 나가보니 수탉 세 마리가 저희끼리 회의를 하는지 모여 있다. 종을 쳐도 들어오지 않는다. 이런 날은 닭들을 위한 특별식을 주는 것이 좋다. 마침 구더기가 든 통을 다니엘 수녀님이 가져와서 마당에 쏟아 부으니, 지금까지 눈을 감고 졸고 있던 아픈 닭이 잽싸게 뛰어서 구더기를 먹으러 간다. 나는 순간 내 눈을 의심했다. 어디서 그런 힘이 났을까? 제발 내일은 거뜬히 일어나기를 빈다.

특별식 잔치에는 백봉 오골계까지 신이 나서 합세했다. 병아리든 어미 닭이든 닭이란 닭은 모두 좋아서 어쩔 줄을 모른다. 닭들이 너무 좋아하니 그렇게 징그러운 구더기가 무슨 귀한 영양제 덩어리처럼 보인다. 그래서 나는 알을 품고 싶어 알도 없는데 앉아 있는 닭들의 엉덩이를 밀어내고 잡아내어 모두 잔치에 합세시켰다. 그토록 닭에게 실례될 것 같던 행동들을 지금은 내가 제법 하고 있다. 닭장지기 7개월 만에 도사가 되어 가는 중인 것 같다. 아직도 한계는 많지만 나날이 발전하고 있다.

2020. 9. 12. (토)

우리 수녀원 주방에는 볼품없이 생겼지만 참 사용하기 쉽고 편리한 경질 양은솥이 하나 있다. 그 솥은 제법 긴 세월 동안 여러 수녀님들이 사용했음이 틀림없다. 솥 안은 찌그러지고 울퉁불퉁하게 생겼다. 불 위에 얹어 두고 음식을 끓이다가 태우기도 여러 번 한 것 같다. 언제 수명이 다할지 모를 정도로 낡았다. 내가 이곳에 있는 동안 그 솥의 마지막을 보기를 원하지 않는다.

마치 오래된 친구처럼 편안한 관계라도 되는 것처럼 나는 점차로 이 솥을 좋아하게 되었다. 내가 처음 주방에서 이 솥을 사용할 때 부담감이 없어서 좋았다. 색이 검정이라 때가 크게 탈 염려도 없고 가벼워서 쉽게 이것저것 할 수 있다. 가스를 많이 사용하지 않아도 뭐든 넣으면 빨리 끓었다. 더러우면 쇠 수세미로 비누칠을 하여 쓱쓱 닦으면 밑바닥이 하얗게 닦인다. 그래서 내가 가장 많이 사용하고 육수를 낼 때도, 물을 끓일 때도, 떡을 찔 때도, 나물을 데칠 때도 사용한다. 만약 값비싸고 좋은 재질의 주방용품이면 사용하기가 조심스럽고 어려울 텐데 언제 사용해도 손쉬운 '손안의 연장'이다.

우리 수도회 모토가 '주님 손안의 연장'이다. 우리는 주님께서 사용하기 쉬운 연장이어야 한다. 수도 공동체가 쉽고 편하게 나를 사용할 수 있어야 한다. 사실 나도 그리 편한 성격은 아니라고 생각하지만, 그 솥을 보면 쉽게 편하게 언제나 쓰기 좋은 연장이 된다는 것은 얼마나 좋은 것인지 알 수 있다. 겉보기는 멋

있는데 사용하기가 불편하다면 장식에 불과하거나 어쩌다 한 번 쓸 수 있다. 쉽고 편안한 사람은 '밥이 되어 주는 사람', 즉 예수님처럼 우리의 먹이가 되어 주는 사람이지 않은가! 이론은 쉬운 것 같지만, 앎으로 결코 쉽게 그리되는 것은 아니다.

죽기까지 나를 버리는 노력이 있어야 비스름하게 되지 않을까?

2020. 9. 14. (월)

우리 공동체는 요즈음 매우 바쁘다. '생태 교육'을 실시할 시간이 임박해 오기 때문이다. 모두 바쁘기에 나도 덩달아 바쁘다. 아침 미사 후 식사를 한 다음 우선 주변에 떨어진 밤을 주우러 다닌 다음, 닭장에 가서 진동이 아침을 주고 닭들을 둘러본다. 오늘은 밤을 주워 담고 있는데 무언가 뒤 머리통을 딱 친다. 깜짝 놀라서 보니, 밤나무 위에서 알밤 하나가 떨어지면서 나를 친 것이다. 나는 이 밤에게 사랑의 복수를 하기 위해 따로 주머니에 넣었다. 나중에 내가 혼자 먹을 작정이다. 저를 알아달라고 나에게 신호를 보냈기 때문이다. 복수는 이렇게 하는 것이다. 그러면 그 밤은 내 몸의 일부가 되어 나와 깊은 인연이 되는 것이다.

반들반들 윤이 나는 알밤들은 풀 속에서도 나의 시선을 끌면서 '나를 주워가세요.', '나 여기 있어요. 나 좀 보세요.' 하면서 나의 시선을 부추긴다. 기나긴 날 비바람이 몰아치며 태풍이 두 번이나 지나가고 더위도 물러가자 가을 추수 때가 성큼 다가오는 느낌이다. 집 주변의 들판을 거니는 나는 참으로 오랜만에 여유를 즐기면서 마냥 행복에 젖어본다. 밤이면 귀뚜라미가 열심히 노래를 연주한다. 나는 서서히 참 자연인이 되는 느낌이다.

2020. 9. 15. (화)

오늘은 생태 교육 실시를 위한 '영성 연구 위원' 회의를 위하여 우리 공동체 위원들이 모이는데 총원장님도 참여하셨다. 헤르만 수녀님이 아주 커다란 바다 생선 두 마리와 약간 작은 조기류 생선 한 마리를 내놓고 커다란 조리 용기를 주면서 거기에다 요리를 하라고 하셨다. 나는 모처럼 요리 솜씨를 발휘해야 하는데, 내 손으로 이렇게 큰 생선을 요리해 본 적이 없어 난감했다. 게다가 세 마리씩이나!

아무튼 나는 두 시간이나 걸려서 이 거대한 생선을 프라이팬에 올려놓고 먼저 기름을 팬에 두른 다음 생선을 익히기 시작했다. 태우지 않으려고 서서히 한쪽을 구운 다음 뒤집어서 다른 쪽을 구웠다. 머리 쪽은 잘 익혀야 하기에 조심조심 굽는데, 뒤집을 때 생선의 모양에 손상이 생겼다. 다 구워진 후 준비한 양념(파, 양파, 다진 마늘, 고춧가루, 멸치 액젓)을 구운 생선 위에 듬뿍 얹어주었다. 그리고 뚜껑을 닫고 다시 익혔다.

이 거대한 익힌 생선을 큰 접시에 보기 좋게 내어놓아야 하는데, 프라이팬에서 들어내려고 하면 생선의 모양이 흐트러질 것 같아 그대로 상에 올렸다. 겉으로는 멋있어 보였다. 결정적인 실수는 토막을 내지 않고 큰 놈을 그대로 요리를 했기 때문에 각자가 알아서 뜯어 가 먹어야 할 판이었다는 것이다. 총원에서 오신 네 분의 수녀님들과 우리 식구 일곱이 알아서 적당히 떼어갔다.

총장님은 연신 '맛있다'고 립 서비스를 해 주셨는데, 내가 먹기엔 맛이 좀 아니올시다였다. 성체조배 시간에 생각해 보니 멋쩍게 웃음이 났다. 그동안 조리사라도 된 양 좀 자신감이 있었는데, 자기가 요리한 것을 다른 그릇에 옮겨 놓지도 못하는 것이 웃기는 것이며, 생선 모양에 손상이 갈 것 같아 맛도 못 보고 조리한 것도 웃겼다.

음식을 하면 그릇에 놓는 것까지 깔끔하게 시각적인 것도 신경을 써야 하는 일이다. 조리사는 음식을 하는데, 어떤 재료가 무섭다거나 겁이 나거나, 더럽다거나, 자를 수가 없다거나, 용기가 안 난다고 하는 일이 없어야 한다. 살아 있는 생선을 못 죽인다거나, 뜨거운 물에다 끓여내지 못하면 요리사가 될 수 없다. 그런 면에서 나는 요리사가 아니다. 그냥 음식을 좀 해 먹는 편인 정도다. 그러나 다음에 이런 생선이 생기면 꼭 다시 도전해서 맛있는 찌개를 만들어야겠다.

2020. 9. 17. (목)

청계 중간 암탉들이 자주 죽는다. 그동안 닭이 죽으면 나는 그 닭을 만지지 못하였다. 나는 드디어 오늘 결심을 했다. 언제까지 죽은 닭을 피할 것인가? 큰마음 먹고, 닭에게 "내가 너를 직접 묻어 주마." 하고는 죽은 닭을 손으로 잡았는데 뻣뻣하고 차가웠다. 모든 생명 있는 것들은 죽으면 이렇게 강직이 일어나는 것이다. 나는 죽은 닭을 감나무 아래에 묻어주었다. 그리고 유난히 감이 많이 떨어져서 가을에 수확할 것도 없는 감나무에게 "내년에는 튼실한 감을 많이 열매 맺어라." 하고 축복을 하였다. 이로써 닭장 일을 하는데 필요한 모든 과정을 거친 것 같았다. 점차로 일꾼이 되어가는 뿌듯함을 맛보았다.

감사

2020. 9. 18. (금)

기후 변화는 매우 심각하여 예전의 가을 날씨를 완전히 변형시켰다. 이제 '천고마비'의 계절은 사라진 것일까? 우리가 젊은 시절 가을이면 하늘은 파랗고 높고 구름 한 점 없이 화창했었다. 추석 전후로 태풍은 한 번씩 지나갔지만 그래도 농작물 피해는 그럭저럭 견딜 만하였다.

요즈음은 매일같이 비가 내리니 몸이나 마음이 유쾌할 수 없다. 그래도 아침 미사 때 '성체'를 모시면서 하느님의 자비에 깊은 감사와 찬미를 드렸다. 우리는 날씨 문제만 있어도 좋다, 나쁘다 표현하는데, 예수님께서는 당신 몸을 우리에게 주시면서, "애야, 너는 착하지 않으니 싫다." 이런 거부 반응 없이 죄인에게

나 선인에게나 오신다.

나는 마음에 안 드는 사람이 있으면 싫은 감정이 드는데, 주님께서는 죄가 많은 사람일수록 "얘야, 가엾은 얘야, 나에게로 오너라, 내 멍에는 편하고 내 짐은 가볍다." 하시며 그를 불쌍히 여기시고 사랑하신다.

나는 영성체 후 잠시 '성체'에 대한 깊은 감사를 드렸다.

2020. 9. 19. (토)

우리의 대화 주제는 자연, 땅, 기후, 농토, 거름, 닭, 개 등으로 다양하다. 어제저녁에는 소변에 대한 이야기를 하였다. 소변은 농토를 비옥하게 하는 역할을 할 뿐만 아니라 이로써 농작물을 풍요롭게 생산할 수 있는 좋은 거름이 된다. 또한, 소변 모으기는 변기의 물을 거의 사용하지 않기 때문에 물을 절약하는 데 아주 훌륭하다. 게다가 우리는 얼마나 많은 화장지를 소비하는가! 화장지 대신 깨끗한 수건을 사용하고 깨끗하게 빨아서 사용하면 위생에도 좋고 화장지도 많이 절약할 수 있다. 우리가 불편을 감수하고 결핍을 받아들이고 천천히 살아가는 것을 맛을 들이고 산다면 이 세상이 훨씬 정화되고 자연이 회복되어 지구가 살아날 것이다.

이 문제가 나오면 나는 양심에 가책이 생겼다. 젊은이들은 대소변을 비료로 만드는 데 동참할 마음이 없다 해도 나는 연륜이 있는데 땅이나 식물에 그렇게 좋은 거름이 되는 것을 왜 못 할까? 이렇게 생각하니 아직도 공주과 티를 벗겨내지 못한 것 같았다. 그래서 나도 까짓것 시작해 보기로 하고 통을 하나 구했다. 다소 부끄럽기는 하였지만 자연에 좋은 일을 하는데, 지금까지 그렇게 실천할 생각을 하지 않은 것이 오히려 부끄러웠다.

사람들이 자기가 생산한 대소변을 대자연에 돌려준다면 소중한 물을 얼마나 절약할 것이며, 땅과 미생물들은 또 얼마나 대지를 살리는 데 헌신할 것이며, 농작물들은 얼마나 소출을 잘 낼 것인가를 생각하니, 오늘 큰일을 했다는 생각으로 가슴 뿌듯하다. 나는 농사를 짓지 않지만 진동에 와서 농부의 마음을 점차 읽어간다는 것은 참으로 잘하는 일인 것 같다.

'열려라, 내 마음아! 사람에게, 자연에, 우주에! 그리고 나의 주님에게 확 열려라!'

2020. 9. 21. (월)

얼마 전에 사랑하는 봉사회원으로부터 커다란 문어를 한 마리 받았다. 내가 바다에서 고기를 잡지 않아도 이렇게 쫄깃한 문어를 맛볼 수 있다는 것은 얼마나 감사한 일인가! 사랑하는 사람에게 받은 문어를 우리끼리 먹기가 아까워서 우리는 문어 다리 두 개만 먹고, 또 사랑하는 우리 수녀님들이 오시면 나누어 먹기 위해 냉동실에 넣어 두었다.

문어란 생선은 머리 부분이 사람의 대머리처럼 생겨서 상당히 유식해 보인다. 이름도 문어(文魚)이고 몸에 먹물통도 가지고 있단다. 영양가도 엄청 많아서 아주 비싼 해물이다. 이렇게 귀한 물건을 맛볼 때마다 이것을 보내주신 자매님께 감사하고, 바다에서 고생하며 귀한 물건을 잡은 어부들에게 감사한다.

인간은 홀로 살아갈 수 없는 사회적인 동물이다. 거기에다가 육·해·공군을 다 먹을 수 있고, 땅에서 나는 것까지 먹는 잡식이 인간이다. 하느님께서는 인간에게 그야말로 온갖 진귀한 먹거리를 다 주셨다. 인간이 무엇이기에 이토록 사랑하시는가?

2020. 9. 22. (화)

계절의 절기에 따라 벌써 가을이 왔음을 절감한다. 닭장에만 가면 늘 땀을 뻘뻘 흘렸는데, 어제오늘은 날씨가 썰렁하니 을씨년스럽다. 머지않아 닭들이 밖에서 자유로이 풀을 뜯어 먹을 수 있도록 하는 나의 서비스가 막을 내릴 것 같다.

사실 나는 시간을 지독히 아끼는 유형이다. 매일 닭을 위해 크게 하는 일 없이 두 시간 이상 닭장에 들랑거리는 일은 예전의 나에겐 있을 수 없는 일이다. 그러나 시골에서 아무런 책임 없이 노년기에 이렇게 닭을 친구 삼아 한가하게 시간을 아낌없이 보내고 있다니 내가 생각해도 희한한 일이다.

오늘은 추분이다. 낮과 밤의 길이가 같아지는 날이다. 내일부터 서서히 밤이 길어지는 것이다. 닭장 주변의 분위기로, 가을이 입구에 들어섰음을 알 수 있다. 어느 사이에 나뭇잎이 노랗고 빨갛게 물들어 가고 있다. 가을은 결실의 계절이며, 겨울 채비를 하는 계절이다. 인생의 노년기에 들어선 나는 가을의 문턱에 들어서 있다는 생각이 든다. 아니 문턱을 좀 지났을 것이다. 뒤돌아보면, 나의 인생이 아름다웠노라고 회상할 수 있도록 마무리를 잘해야 되겠다.

2020. 9. 24. (목)

요즈음 하루에 한 두어 차례 알밤을 주우러 밤나무 아래를 갔었다. 오늘 아침에는 밤을 발견할 수가 없었다. 나는 약간 언덕 위로 올라가서, "혹시 땅에 떨어져 있는데, 내가 못 찾아서 나에게 오고 싶어도 못 오는 밤이 있거든 내 눈에 보여 줘, 내가 데려갈게." 했더니 정말 굵고 잘생긴 알밤이 눈에 띄었다. 나는 그 알밤을 나의 인성에 동참시키기로 했다. 그래서 나는 생밤을 까서 먹었다. 나는 밤나무를 보면서 "그동안 나에게 맛있는 밤을 많이 준 밤나무야, 고마워요. 내년에도 건강하게 잘 지내고 많은 열매를 주세요. 감사합니다. 이제 올해는 그만 오겠습니다. 잘 지내세요." 하고 작별 인사를 했다.

닭장 앞에는 닭들이 즐겨 뜯어 먹는 호박 덩굴에 날씨가 시원하니 조건이 좋은지 애호박이 주렁주렁 달려있다. 내일은 우리에게 늘 고맙게 해주는 가타리나 자매님과 그 일행에게 애호박 한 덩이씩을 따서 드리기로 했다. 정말이지 자연은 우리가 적은 수고라도 하면 그 보상을 아낌없이 해준다. 하느님께서 세상을 창조하실 때, 모든 창조물이 번성하도록 축복하셨기에 땅은 우리에게 가능한 한 소출을 내준다.

2020. 9. 27. (일)

금요일부터 총본부 수녀님들을 대상으로 생태 교육 프로그램을 시작하였다. 첫째 날은 헤르만 수녀님이 강의를 하셨고, 둘째 날은 강기갑 형제님이 오셔서 미생물에 대한 강의를 하셨다. 오늘 마지막으로 비아 수녀님이 물비누와 세탁 비누 그리고 피존을 만드는 것에 대한 강의와 실습을 하였다.

나는 식사 준비를 미영 가타리나 수녀님, 엘리아 수녀님과 함께하느라 강의에 참여하지는 못했다. 농장 일도 체험하고, 나누기도 하면서 수녀님들은 좋은 시간을 보냈다. 오후에는 마산터미널 쪽으로 가서 '지구 살리기'에 대한 피켓을 들고 침묵시위를 하였다. 지구는 우리가 생각하는 것보다 훨씬 심각한 상태의 기후 위기로 신음하고 있다.

총장님과 닭들을 돌보기 위해 닭장으로 갔다. 지난 4년간 나와 함께 많은 일을 하신 분께서 오늘 닭장에서 닭똥도 치우고, 청소도 하면서 함께 시간을 보내셨다. 총장님과 함께할 때면 늘

진한 감동을 느낀다. 어려운 직무를 수행하시지만 겸손하면서도 늘 남을 배려하고 힘든 일을 인내로이 참으신다. 참으로 힘든 일이 장상의 직무이다. 그렇게 할 때 하느님께서 주신 권위가 생긴다. 마치 예수님께서 그리하셨던 것처럼.

2020. 9. 28. (월)

내가 식사 준비를 할 때는 가능하면 마트에 가서 식자재를 사지 않고 밭에서 나는 것으로 해결을 한다. 그런데 오늘은 딱히 무엇을 하려고 하니 마땅한 것이 없다. 감자가 있기는 하지만 요즘 자주 먹었기에 다른 것을 찾는데, 닭장으로 가는 언덕에 둥근 애호박이 호박 덩굴에 열려있던 것이 생각났다. 적당한 크기의 애호박이 마음에 들었다. 그래서 오늘 메뉴는 호박과 양파와 송이버섯을 썰어 넣고 기름에 달달 볶은 후, 마늘과 용수 간장을 넣어서 찌개를 끓였더니 맛이 좋았다. 우리 실장님이 맛있다고 밥을 두 공기 잡수셨다. 이럴 때 식사를 준비한 사람은 행복하다.

하루에 세 번 식사 준비를 하는 것은 보통 일이 아니다. 이 세 번의 끼니를 위하여 사람들은 얼마나 수고를 많이 하고 땀 흘려 일하는가? 아침을 먹고 나면 금세 점심 준비를 해야 하고, 점심을 먹고 나면 또 저녁 준비를 해야 한다. 뭘 해 먹어야 하는가가 항상 관건이다. 기껏 연구해서 음식을 마련했는데 자기가 먹어보아도 별로일 때가 있다.

어쨌든 나는 돈을 벌어 와서 가족을 먹여 살리지는 않으니까 그나마 좋은 조건에 있는 것이다. 직접 직장에서 돈을 벌어야 하고, 퇴근해서 밥을 지어야 하는 주부들이 참으로 안쓰럽다는 생각이 든다.

2020. 9. 29. (화)

우리 집 주변의 밤나무가 우리에게 열매를 주는 것은 끝났는데, 어제오늘 갈멜로 미사를 가는데 산으로 걸어가니 알밤이 우리를 기다린다. 이 밤들은 운 좋게도 우리에게로 따라왔다. 식사 때 날밤으로 까서 먹기도 하는데 고소하니 맛있다. 밥을 짓는 사이 한 알의 밤을 까는데 벌레가 한 마리 툭 손에 떨어졌다. 나는 놀라서 벌레를 설거지 물속으로 버렸다가 생각하니 병아리에게 주어야겠다는 생각이 떠올라서 다시 그 한 마리의 구더기를 닭 밥통에 건져 넣었다. 그리고 얼핏 떠올라 피식 웃었다. '내가 지금 무엇을 하는 거야?' 나도 모르게 무의식적으로 닭들을 떠올리고 구더기 한 마리를 아까워하는 것이다. 사랑은 더러움도 못 느끼게 하는 것이구나, 참으로 묘한 것이다.

요즈음은 알을 꺼낼 때 아직 품는 자세로 알통에 들어앉아 있는 녀석들의 등을 살살 쓰다듬어 주면, 사나운 녀석들도 골골 소리를 내지만 싫지 않은 듯 엉덩이를 들어도 가만히 있는다. 그때 알을 꺼내면 된다. 소위 닭 다루는 수법이 늘어난 셈이다. 그런데 까칠한 녀석은 부리로 내 손등을 쫀다. 그러면 내가 닭의 꽁지를 잡아당긴다. 어떤 때는 털이 뽑힐 때도 있다. 실로 장족의 발전을 한 것 같다.

낭만과 살상

2020. 10. 1. (목)

요즘은 연일 날씨가 쾌청하니 마침내 천고마비의 계절이 실감 난다. 오늘은 한가위이다. 오랜만에 동생들과 수녀님들 그리고 지인들과 통화하고 서로 안부를 물었다. 때가 때이니만큼 닭장 앞에 감나무의 감이 하나둘씩 발갛게 물들어 가고 있다. 나는 맑고 상쾌한 가을 공기를 마음껏 마시면서 닭장 길을 오갈 때마다 행복감에 젖는다.

밤에는 유난히 창으로 들어오는 달빛이 밝아서 쉽게 잠이 오지 않아 창문을 열어놓고 휘영청 밝은 만월의 달을 올려 보고 있었다. 달은 마치 율동을 하듯 펄떡펄떡 내 앞으로 다가오듯 리드미컬하게 움직인다. 어릴 적에는 달나라에서 토끼가 떡방아 찧는 낭만적인 생각으로 달을 감상하였다. 최초에 달을 탐사한 미국의 '암스트롱' 이후 달나라에 대한 낭만적인 상상은 날아가 버렸다. 모두 현실적인 것만 생각하면서 살아간다. 미래를 낙관적으로 보고 희망을 품고 아름다운 꿈을 꾸면서 살아가는 것은 점차로 사람들의 삶에서 멀어져 가고 있다. 많은 이들이 현실에서 성공하기 위하여 필사적으로 나아가려고 애쓰고 있다. 어린 아이들부터 청소년 어른까지 성공을 위하여 투신하고 나아간다. 그리고 모두가 엄청 바쁘고 또 바쁘다.

참으로 낭만이 통하던 옛날이 그립고 또 그립다.

2020. 10. 3. (토)

보름 전에 부화한 병아리가 사고로 몇 마리 죽고 지금은 다섯 마리가 남았는데, 어제오늘 한 마리씩 똥꼬를 씻어주었다. 병아리 똥꼬에 똥이 말라서 한 뭉치씩 콘크리트처럼 굳어 있어서 병아리들이 죽을 것 같았다. 나는 단단한 똥을 물에 불려 가며 씻어주는데 냄새가 장난이 아니다. 닭똥은 큰 닭이든 병아리이든 정말 지독하다. 깨끗이 씻김을 받은 예쁜 병아리를 손에 1시간 30분이나 쥐고 있었다. 꼭 죽을 것처럼 졸고 있었기 때문이다. 무릇 어떠한 생명이든 생명은 존엄한 것이다. 나중에 사람들의 먹이가 되기까지 그렇다.

오전에 두 시간을 들판에 풀어주고 나는 애들이 풀을 먹고 벌레를 입에 물고 의기양양하게 뛰어오는 모습을 보고 앉아 있었다. 흠~ 들판에서 놀고 있는 닭들을 보면 '동물복지'가 생각난다. 이젠 혼자서도 닭들을 닭장에 넣고 문을 잠글 수도 있다. 가끔 실패할 때도 있지만, 그러면 다음에 닭들을 풀어 놓을 때 합류하므로 별문제가 없다.

나는 점점 닭들의 보호자가 되어 가는 것 같다.

2020. 10. 4. (일)

두 차례의 태풍으로 우리 집 감나무는 열매의 결실을 거의 못 볼 것 같았었다. 그러나 가을이 서서히 다가오니 발갛게 익어가는 감나무는 곱게 물들어 가고 가을의 정취를 물씬 풍긴다. 나는 나무에서 익어가는 감이 땅에 떨어지기 전에 따서 홍시를 맛보았다. 감 홍시는 달콤하니 맛이 있다. 지금 감을 수확하기는 이르지만 좀 더 있으면 수확할 수 있을 것 같다. 사랑하는 사람들이 와서 감을 따가도 될 것 같다.

모든 것들이 익어간다는 것은 아름답다. 곡식이나 과일이나 나뭇잎이나 사람까지 말이다. 잘 나이 먹어 노년기에도 멋있어지고 싶다. 외모야 늙고 쭈그러지고 왜소해지겠지만 마음만은 풍요로워지고 넉넉해지면 좋겠다. 쩨쩨하지 않고 너그럽고 유쾌하고 훈훈해지면 정말 최상의 노년기를 보내는 것이 아닌가? 아직 많이 부족하지만 계속 도전해야겠다.

2020. 10. 5. (월)

아침에 닭장을 가서 보니 백봉 오골계가 두 마리나 수가 모자랐다. 조사해보니 중간 닭 두 마리와 백봉이 두 마리가 죽어 있었다. 그리고 병아리 한 마리도 죽어 있었다. 쥐가 그렇게 하기는 어려울 것 같지만, 쥐약을 놓고 닭들을 풀어 주었다. 오후에 또 닭을 풀어 주었는데, 밤이 되니 걱정이 되어 우리는 다시 닭장으로 올라갔다. 또다시 백봉이 두 마리와 중간 닭 두 마리가 죽어 있었다. 오늘 모두 여덟 마리의 죽은 닭을 발견했다. 여덟 마리를 족제비가 죽인 것 같고, 병아리 한 마리는 아파서 죽은 것 같다.

아침부터 나는 슬프고 화가 났다. 지금까지 이렇게 '대량 살상'을 당해보지 않았기에 충격적이었다. 우리는 닭들이 자는 곳에다 전등을 켜놓고, 중간 닭과 백봉이를 붙들어서 따로 큰 상자 안에 넣어 주었다. 여러 마리가 한꺼번에 밤을 지내기가 힘들겠지만, 위험하니 오늘 밤에는 다른 방도가 없다. 어쨌든 우리는 실망감이 상당히 컸다. 하루에 두 번씩 닭장을 오르내리던 나는 상실감이 컸다.

오후에 닭들을 들판에 풀어 놓았을 때, 암탉 한 마리가 커다란 개구리 한 마리를 입에 물고 달리는 것을 보았을 때 나는 기뻤었다. 결국, 잡아먹고 먹히고 하는 것은 '먹이사슬'이며 '약육강식'이다. 이 질서는 창조주께서 만들어 주신 것이 아닌가? 이렇게 생각이 미치자 나는 아침에 죽은 닭을 보던 기분이 다소 누그러졌었다. 그런데 밤에 죽은 네 마리를 볼 때 이것은 너무 한 처사라는 생각이 들어 족제비가 몹시 얄미웠다. 족제비를 어떻게 잡아 죽일까? 연구해야겠다. 그렇지, 지나친 것에는 대가가 따르는 법이다. 족제비를 잡는 것은 닭을 키우는 모든 이들의 과제인 것 같다. 그만큼 골칫거리이다.

2020. 10. 8. (목)

수탉이 여러 마리 커감에 따라 닭장 안이 조용할 시간이 없다. 밖에 풀어 놓아도 암탉들이 비명을 지르며 나무 위로 올라가기도 하고 닭장 안으로 온 힘을 다해 도망오기도 한다. 그래서 그저께 수탉 한 마리를 잡아서 보신을 하기로 했다. 그래도 두 마리의 수탉이 극성을 떨고 아픈 닭까지 괴롭히는 바람에 수녀님들이 밤에 닭장에 가서 수탉 두 마리를 잡아 따로 가두어 두었다. 대장 닭만 암탉들을 거느리고 들판에서 평화로이 풀을 먹고 벌레와 개구리를 잡아먹는다.

닭장에 갇힌 수탉 두 마리는 목청껏 꼭끼오~하고 부르짖는다. '우리가 여기 있소. 꺼내 주시오. 우리를 가두어 놓고 잊은 것이오.' 하고 소리소리 지른다.

수녀님들은 낮 동안도 수탉을 밖으로 내어 주지 말라고 했다. 나는 수탉에게 자유를 주지 않았다. 행여 족제비가 또 들어오기라도 한다면 수탉이 희생될 확률이 높은데, 며칠 동안 조용하다. 대장 수탉은 리더가 되면 암탉들을 극진히 사랑해서 먹을 것이 생기면 암탉이 병아리를 부를 때처럼 꼭꼭거리면서 암탉들을 부른다. 수탉이 풀을 입에 물었을 때 암탉이 뛰어올라 입에서 풀을 빼앗아 가도 가만히 있다. 짐승들도 리더가 되면 포용력이 생기고 희생심도 생기며 권위가 있다. 그리고 암탉들이 대장 수탉에게는 순종한다. 어찌 아는지 닭들은 2인자와 3인자를 가려낸다. 그들은 우생(優生)의 후손을 남기기로 집착하는 것일까? 암탉들은 잘난 대장에게만 순순히 허용한다.

대장은 결코 2번이나 3번이 흉내 낼 수 없는 관대함과 권위를 지니고 있다. 그러나 다른 수탉이 암탉들에게 짝짓기를 시도하는 꼴만은 봐주지 않는다. 사실 다른 수탉들은 본능에 따르는 것일 뿐인데, 우리는 이들이 암탉을 괴롭히는 꼴을 못 보아서 너무 심한 대우를 하는 게 아닐까 슬그머니 미안해진다.

나는 수탉들이 갇힌 장에 물을 주려고 한 번, 먹이를 주려고 한 번 들어갔다.

2020. 10. 9. (금)

족제비 문제로 1번 방에 있던 어미 닭과 병아리를 본래 있던 장소로 되돌려 보냈는데, 어미 닭이 새끼들을 얼마나 잘 데리고 다니는지 들판에서도 아무런 문제가 없이 돌아다녔다. 먹이를 줄 때면 꼭꼭거리며, 사랑스럽고 안타깝기까지 하는 목소리로 새끼들을 불러 모아서 먹이를 부리로 쪼아서 떨어뜨려 준다. 새끼 세 마리는 열심히 엄마의 뒤를 따라다닌다. 행여 다른 닭들이 근처에 올라치면 아주 사납게 쪼아서 물리친다. 제 새끼 근처에는 아무도 용납하지 않는다. 너무 사나우니까 수탉들도 어미 닭 옆에는 얼씬도 하지 않는다. 짐승들도 엄마는 용감하다. 엄마의 모성애는 지극하다.

세상이 험해져서 때로는 엄마인 사람이 어미 짐승만도 못한 경우를 볼 때가 있다. 제 자식을 낳아만 놓고 돌보지 않는 엄마들이 생각보다 많다. 부모의 사랑이 결핍된 대가는 그 가엾은 어린아이들에게 나타난다. 그래서 사회는 어두워진다.

인간은 생각하는 고등 동물이요, 깊은 사고를 할 수 있고, 남을 위해 자기 목숨을 내어 줄 수도 있으며, 신과의 친교를 이룰 수 있는 위대한 동물이다. 더할 나위 없이 창조된 인간이 그 행위에 있어서 유감스럽게도 때로는 짐승보다도 못하게 추락할 수 있다는 것은 슬픈 일이요, 안타까운 일이다.

나는 장한 어미 암탉을 보면서 많은 것을 느낀다.

2020. 10. 11. (일)

매일 닭들과 오후 시간을 보내면서 닭들은 내가 제 친구나 되는 듯 졸졸 잘 따라다닌다. 족제비 출몰 후 닭에게 자유를 줄 때는 닭장 문을 꼭 걸어두고, 감을 주우러 다닌다. 풀밭을 다니다 보면 감 홍시들이 떨어져 있다. 그리고 닭장 앞에 와서 감나무 아래 앉아 있으면 중간 닭들이 나에게 바짝 다가와서 내 운동화와 바지에 묻은 엉겅퀴 가시를 깨끗하게 찍어 먹어서, 내가 손으로 떼 낼 필요가 없다.

오늘도 진동이가 묶여 있는 길 쪽에 있는 감나무 아래로 가기 위해 진동이 앞을 지나는데, 닭들이 나를 졸졸 따라왔다. 진동이 가까이 오자 닭들이 겁이 나서 멈추어 서는 것을 보고, 내가 진동이를 '쓰담쓰담' 해주는데, 갑자기 진동이가 벌떡 일어났다. 놀란 내가 일어나서 보니 한 마리의 닭이 진동이 앞에 바짝 왔다. 진동이가 이 닭을 물려고 펄펄 뛰는데, 내가 막으려 해도 결국 진동이가 닭을 무는 찰나, 나는 진동이 입을 걷어찼다. 그 바람에 진동이 입에 물렸던 닭은 도망을 가고, 나는 혼비백산하였다.

다시 감나무 아래로 가서 잘 읽은 대봉감을 두 개 따서 가져왔다. 어느 닭이 다쳤을까? 찾아도 모두 멀쩡하게 풀을 먹고 다녀서 표가 나지 않았다. 내일 아침이 되어 보아야 정말 아무 일이 없는지 알 수 있겠다. 이제 닭들은 나와 친화감이 높아져서 나만 함께 있다면 만사가 문제없는 줄로 아는 모양이다. 진동이나 미미는 개인데, 줄에 묶였다고 해도 닭이 방심하고 개 앞에 섰으면 잡아먹힌다.

2020. 10. 12. (월)

어제저녁 무렵 어미 닭 한 마리가 혼자 횃대에 올라가서 새끼 보고 올라오라고 연신 꾹꾹댔다. 아무리 새끼가 올라갈 수 없어 삐약거려도 어미는 따라 올라오라고 시끄럽게 소란을 떨면서 결코, 내려오지 않아서 내가 막대기로 어미를 건드려서 횃대 아래로 떨어뜨렸다. 다시 횃대 아래로 내려와서 새끼를 찾아 돌보는 것을 보고서야 집으로 돌아왔지만, 안심이 되지 않아 밤에 헤르만 수녀님과 나는 또 닭장으로 갔다.

우리 예상대로, 한 마리 남은 병아리가 높은 횃대에 앉아 있는 엄마보다 한 단계 낮은 횃대에 혼자 앉아 있었다. 아마 그 자리도 수없이 도전해서 올라갔을 것이다. 그래서 한 단계 낮은 횃대에 앉은 병아리를 그냥 두면 얼어 죽을 것 같아서 집으로 데려왔었다.

오늘 밤에도 안심이 안 되어서 올라갔더니, 세상에 놀라운 일이 벌어져 있었다. 어미 닭은 한 마리만 키워도 건강하고 튼튼한 닭을 원했을까? 스파르타식 교육을 시키는 것 같았다. 어미 닭과 같은 높이의 횃대에서 병아리는 이제 어미 닭 아래 품에 자리 잡고 앉아 있었다. 횃대를 올려 보니, 병아리가 어미 닭 밑에서 빠끔이 바라보는 것이 앙증스럽게 보였다. 그래서 우리는 오늘 밤에는 병아리가 추위에 죽을 염려가 없어서 그냥 돌아왔다.

2020. 10. 13. (화)

백봉 오골계는 제 처신을 못해서 비가 와도 문제고 날이 추워도 문제이니 밤마다 수녀님들이 올라가서 백봉이들을 잡아서 케이지에 함께 넣어 준다. 백봉 오골계는 닭 중에 미모가 뛰어나다. 공주같이 우아하고 깨끗하게 생겼다. 그런데 지능은 청계보다 한 수 아래인 것 같다. 먹을 것을 던져 주면 백봉이 허둥거리는 사이에 청계가 잽싸게 먹이를 쪼아 먹는다. 그래서 우리는 어쩔 수 없이 백봉에게 특별 보호를 하고 싸고돈다. 청계 쪽에서 보면 야속하고 억울할 것 같다.

백봉이는 이렇게 챙겨주지 않으면 살아남기 힘들 것 같아서다. 꼭 저희끼리 몰려다니는 것을 보면 생긴 것 자체가 다른 닭들과 다르다는 것을 저들도 아는 것 같다. 잠자리도 따뜻한 곳으로 찾을 줄도 모르고, 밖에서 옹기종기 붙어 앉아 있다. 키우는 데 여간 손이 많이 가는 것이 아니다. 그래서 우리는 백봉이더러 공주과라고 부른다. 그러나 백봉이가 아장거리고 다니는 것을 보면 아주 귀엽다. 이들은 꼭 우리 앞에서 얼찐거리며 돌아다닌다. 내 발 앞에 바짝 왔기에 백봉이 한 마리를 내가 손으로 잡았다. 그러니 이 녀석이 내 손에서 빠져나가려고 버둥거리는데 내가 앉아주자, 옆에서 보던 청계가 내 손등을 세게 부리로 찍었다. 내가 소리를 지르자 청계는 도망을 갔다.

나는 청계가 갑자기 나를 공격한 이유가 궁금했다. 백봉이를 괴롭힌다고 생각하고 내 손등을 찍었는지, 아니면 백봉이만 예뻐한다고 샘이 났는지 모를 일이다. 족제비나 쥐가 닭장에 들어올 때 닭들이 힘을 합해 이렇게 쪼아대면 적을 죽일 수 있을 텐데, 밤에 적이 들어오면 눈이 보이지 않아 닭들은 속절없이 당한다. 요즈음은 족제비가 들어오지 못하도록 철통 경비를 한다. 매일 같이 닭장 주변에는 모든 들짐승과 날짐승, 쥐들과 진동이와 미미까지 닭고기가 먹고 싶어 호시탐탐 노린다. 물론 닭을 돌보고 키우는 우리도 저들을 식용도 하고 알도 먹기 위해서 키우지만, 그것은 어디까지나 주인인 우리의 몫이지 저들까지 먹거리로 챙기려 하면 우리와 갈등이 생긴다.

닭장 일이 이젠 많은 시간을 빼앗지만 어쩔 수 없는 일이다. 닭들이 알을 많이 낳고, 적게 낳고는 별개의 일인 것 같지만, 하여튼 내 직업이 단단히 굳혀진 것만은 확실하다. 닭들이 하루에 알을 좀 많이 낳아주면 아주 고마울 텐데, 우리의 수고에 비해 소득이 너무 시원찮다.

2020. 10. 15. (목)

그동안 닭들이 알을 적게 낳아서 닭에게 "알 좀 많이 낳아주면 고맙겠네." 하면서 사정을 자주 했었다. 이제 태어난 지 6개월이 넘은 암탉들이 하나둘 초란을 낳기 시작한다. 그동안 청계 알이 숫자가 적어서 청계 알을 팔아서 보통 달걀을 사서 먹었다. 앞으로 좀 더 많은 알을 낳으면, 아침에 청계 알을 다시 먹을 수 있으려나 기대를 한다.

오늘은 닭장에 가는 길에 떨어진 알밤을 주워서, 닭들이 놀고 있는 사이에 내가 알밤을 이로 까서 먹으려는데, 닭들이 바짝 내 앞에 다가온다. 한 녀석이 내 손에서 밤을 곧 빼앗을 것처럼 눈독을 들인다. 그러다가 내 입에 달려들 기세다. 나는 닭에게 밤을 빼앗기기 싫어서 자리에서 벌떡 일어나 내 입에다 밤을 넣어서 씹어 먹었다. 산에서 얻은 밤은 아주 고소하니 맛있었다. 내가 밤을 닭장 앞에서 까서 먹을 때는 얘들 때문에 살을 많이 떼어주면서 먹는데, 이제 내 입에 들어가는 것까지 빼앗아 먹으려고 하니 염치가 없는 놈들이다. 게다가 감나무의 감은 너도나도 나무에 올라가서 찍어 먹는다. 청계는 나무 위에도 곧잘 올라간다. 이래저래 이 가을을 닭들과 함께 보내면서 우리가 먹을 채소를 닭들과 나누어 먹으면서 상부상조한다.

나는 매일 닭들을 보면서, 닭장을 오르내릴 때면 가을의 정취를 마음껏 맛보면서, 가슴이 뿌듯함을 체험하며, 내 영혼이 치유된다는 생각이 든다.

인연

2020. 10. 16. (금)

오늘은 필리핀에 있을 때 우리 학교에서 잠시 우리를 도와주었던 아떼(언니) 칫이 생각났다. 30대 후반인 칫은 홀어머니와 둘이 가난하고 외롭게 살고 있었다. 칫은 빠진 이 때문에 나이가 훨씬 많아 보였다. 어느 날 칫이 나에게 "수녀님, 우리 엄마 생일파티를 해드리고 싶은데 돈 500페소 좀 빌려주세요." 했다. "그냥 있는 대로 하세요." 하고 나는 거절했다. 돈도 없는 사람이 돈을 남에게 꾸어서까지 파티를 한다는 게 이해가 되지 않았다.

칫이 가고 나서 성당에서 기도를 하는데, 예수님께서 나를 질책하신다. "나는 네가 필요한 모든 것을 아낌없이 주는데 너는 왜 칫을 그냥 돌려보내냐!" 나는 깜짝 놀라 기도를 중지하고, 칫의 친척 집에 전화해서 칫을 수녀원으로 보내 달라고 부탁을 했다. 칫은 전화도 없고 친척 집에 얹혀 살고 있었다. 소식을 들은 칫은 한달음에 수녀원으로 달려왔다. 나는 500페소를 칫에게 주면서 돈을 갚지 않아도 된다고 어머니 생일파티를 잘 해드리라고 했다. 칫은 영문을 몰랐지만 신바람이 나서 집으로 돌아갔다.

다음날 칫은 나에게 어제 엄마를 위해 파티를 했던 이야기를 해주었다. 칫은 프라이드치킨 한 마리를 사고 쌀을 사서 밥을 마련한 다음, 방문을 걸어 잠그고 어머니 앞에서 덩실덩실 춤을 추며 축하를 한 다음 어머니와 함께 식사를 했노라고, 나에게 보고를 하였다. 그래도 돈이 약간 남았는데 다음에 쌀을 사겠단다. 나는 뒤통수를 한 방 맞은 느낌이었다. 키가 커다랗고 이가 듬성듬성 빠진 홀로된 딸이 엄마를 생각하고 춤을 추는 모습은 상상만 해도 가슴이 짠해진다. 단둘이 방문을 걸어 잠그고, 생일파티를 하는 노모와 딸의 파티장은 세상에서 가장 가난한 생일상을 차린 현장이라고 생각된다. 그때 내가 먹을 것을 사 들고 칫의 어머니를 축하하려고 갔었다면, 이렇게 긴 세월이 흘러도 생각이 떠오르진 않았을 것이다.

나는 마음에 여유가 있고 또 아무 부족함이 없이 평화로울 때면 가끔 칫 생각이 난다. 그녀는 지금 어떻게 살고 있을까? 어머니는 그때 연세가 많았으니까 20년이 지난 지금 아마 세상을 떠났으리라 생각된다. 칫은 너무 외로운 나머지 자기 어머니가 돌아가실까 봐 어머니 몸이 조금만 편치 않으면 전전긍긍했었다….

2020. 10. 19. (월)

요즈음 하나둘 알이 늘기 시작하더니 오늘 드디어 열다섯 개를 낳았다. 우리 모두 환성을 올렸다. 이제 앞으로 더 많이 낳을 것이다. 그런데 지난해부터 낳기 시작했던 큰 닭들은 스무 마리가 예닐곱 개만 낳으니 벌써 폐계(廢鷄)가 된 것일까? 아마 부족하기는 하여도 서로 돌아가며 알을 낳겠지. 그런데 닭들이 어떤 녀석은 너무 잘 먹어서 그런지 살이 뒤룩뒤룩 쪘다. 그래서 걸을 때 뒤뚱거린다. 그런데 나는 이런 녀석들이 사랑스럽다. 이렇게 키워서 잡아먹어야 하는 것이 여간 미안한 것이 아니다.

가끔 흰색 알도 있지만, 청계 이름에 걸맞게 파란색 알을 낳는다. 내가 일을 해서 하루에 2만~3만 원을 번다고 하여도 이렇게 기쁘지는 않을 것이다. 그런데 우리 수녀님들과 함께 닭들을 돌보는데 열다섯 개의 알에 우리가 이렇게 기뻐하는 것은 돈과는 별개의 보람과 뿌듯함이 있는 것이다. 물론 돈과 연결을 시키지 않을 수는 없지만 말이다.

닭은 키우는 과정 중에 정말 많이 죽는다. 봄에 백삼십 마리까지 그 수가 늘었었는데 지금은 칠십 마리 정도만 남았다. 어른 닭이 되기 전까지 자꾸 죽는다. 그건 어쩔 수 없는 것 같다. 특히 우리는 항생제를 안 쓰기에 그렇다. 죽으려는 닭들에게 항생제를 약간 써보아도 죽기는 마찬가지이다. 그래서 차라리 항생제 사용을 안 하는 것이 닭에게 나은 것 같다. 닭의 생로병사는 순환이 무척 빠르다.

2020. 10. 20. (화)

닭장에 갈 때마다 진동이를 쓰담쓰담하는 것도 우리의 중요한 일이다. 진동이는 온종일 줄에 매달려 있기에 안쓰러워서 더 그렇다. 그런데 오늘은 진동이가 딴전을 피우고 있었다. 뭘 하는가 보았더니 입에 살아있는 개구리를 물었다가 놓아주고, 다시 물고 놓아주길 반복하고 있었다. 줄이 짧아서 개구리가 도망을 가는 바람에 진동이의 놀이는 끝나 버렸다. 그제야 진동이는 나에게 달려왔다.

내가 진동이를 쓰다듬어 주는 것은 아주 짧은 시간이다. 진동이를 사랑해 준 다음 진동이 줄을 뒤쪽 감나무에 매어 놓아야 닭들을 들판에 풀어줄 수 있기 때문이다. 끝나고 올 때도 진동이의 줄을 앞으로 옮겨 주면 곧바로 집으로 돌아오기에 진동이는 늘 사랑에 배가 고프다. 그래서 더욱 우리에게 매달리고 떼를 쓴다. 오늘 진동이에게 풀려난 개구리는 무척이나 운이 좋은 녀석이다. 십년감수했을 것이다. 진동이가 개구리를 먹으려고 잡은 것이 아니고 장난을 하고 놀려고 잡은 것이다. 닭이 개구리를 잡았으면 영락없이 개구리는 닭에게 먹혔을 것이다. 호랑이 굴에 들어가도 정신만 차리면 산다는 옛말처럼, 개가 물어도 정신만 차리면 개구리도 살아 돌아가는 법도 있다.

미미는 가끔 담 속을 응시하고 있다. 무슨 일인가 보았더니 생쥐 한 마리가 빤히 미미를 바라보고 있다. 저보다 약한 생물에 흥미로움을 느끼는 것 같다. 그리고 미미는 비둘기가 제 밥그릇의 먹이를 먹어도 보고만 있다. 아무런 관심을 두지 않는다. 미미의 관심은 단연 사람이다. 그래도 제가 더 좋아하는 사람에게 관심을 보이고 껑충껑충 뛰어오르고 입으로 살짝살짝 물고 앙앙거린다. 그 모습이 여간 귀엽지 않다. 이러다 보면 하루가 훌쩍 지나고 밤이 오고 새날이 온다.

2020. 10. 21. (수)

우리는 살면서 아름다운 인연을 지으면서 살아간다. 오늘은 거의 20년 전에 대구 가톨릭대학교의 기숙사에서 근무할 때 함께 일했던 사랑하는 동료들을 만났다. 내가 당시 상사로 있었지만, 내 소임이 바뀐 후에도 우리들의 아름다운 만남은 그동안도 쭉 이어져 왔다. 우리는 결코 서로를 잊지 않고 가끔 소식을 전하고 만나서 회포를 풀기도 하면서 관계를 이어왔다. 그러다가 오늘 네 분이 나를 찾아왔다. 우리는 모처럼 서로 근황을 나누었다.

점심은 우리 농장에서 나온 배추로 된장국을 끓이고, 무를 무치고, 호박을 기름에 부쳐 간장 양념을 하고, 김 가루를 넣고 참기름과 고추장을 섞고, 달걀 프라이를 넣어 비벼 먹으니 농부의 시골 밥상이다. 식사 후 루이동(피정집)을 본 후, 닭장을 보고, 성당으로 안내했다. 예수님께 인사를 드린 다음 주변의 아름다운 경관을 감상하고 오래 머무르지 못하고 떠났다. 우리가 다시 만나니 옛정이 새록새록 솟는데, 한밤도 못 자고 떠나야 하니 피차

섭섭한 마음이다.

정이란 무엇인가? 안 볼 때는 무심한 듯하다가 막상 만났다가 헤어지면 다시 그리운 것이 아닌가? 나는 수녀라서 그런지 정이 그리 많은 사람은 아닌 것 같다. 오히려 은근한 정이 있는 것 같다. 그렇다 하더라도 형제나 조카들을 만나고 나면, 잠잠하던 마음이 오랫동안 그리움에 머문다. 전에 이곳에 나를 찾아왔던 봉사회원이나 수녀님들 모두가 그리운 동무들이다.

사람의 인연은 사랑으로 연결될 때 얼마나 아름다운가!

2020. 10. 22. (목)

오늘은 서울 관구의 소속 수녀님들이 관구장님과 평의원, 노인 수녀님들 다섯 명이 함께 오셨다. 손님이 오실 때면 시골의 고요한 일상은 잠시 흩어지지만, 새로운 만남의 역사가 이루어진다. 노인 수녀님들은 어려운 시절을 사느라 고생을 많이 하셨던 분들이다. 젊은 시절 곱고 아름다운 나이에 수도회에 입회하여 한평생 열심히 살아오셨던 분들이다. 이제는 허리도 굽고 얼굴에 주름도 지고 흰머리가 세월의 흐름을 알려 준다. 그 모습을 보면 애잔한 마음이 든다. 물론 10년 후면 나도 그리될 것이다. 하느님의 부르심에 응답하여 열정적으로 살아오신 그 생이 얼마나 아름다운가? 일출보다도 일몰이 훨씬 장엄하듯이 황혼기가 더욱 아름다운 것이다.

얼마 전 대구를 다녀오는데 황혼의 산등성이는 황금빛으로 화려하게 물들어 출렁이고, 들판의 벼들은 이제 추수를 앞두고 잘 무르익어 깊게 머리를 떨어뜨리고 있어, 내 가슴에 묘한 파장을 일으키도록 그 광경들은 아름다웠다.

잘 늙고 잘 익고 영글어 우리 주님께 나 자신을 예물로 바치리라. 그날을 바라보며 열심히 달려가야지!

어기영차 힘을 내어라, 작은 아이야!

2020. 10. 23. (금)

수녀님들이 집을 비우셔서 나는 오랜만에 홀로 시간을 보냈다. 가끔 미미와 소통을 하는데 미미는 내가 닭장을 따라오지 말라고 하면 가고 싶지만 따라오다가 되돌아가는 영리하고 말 잘 듣는 신통한 녀석이다. 집안의 성당에 갈 때는 문 앞까지 졸랑졸랑 따라다녔다. 미미가 오늘은 저와 나뿐이라는 것을 정확히 알고 있다. 그래서 상으로 빵 한 개를 저와 내가 나누어 먹었다.

오랜만에 간단히 점심을 라면 하나에 달걀을 하나 넣고 끓여 먹었다. '사람은 나를 위해 사는 것 같지만 남을 위해 산다'는 생각이 든다. 왜냐하면, 나를 위해 살면 아무도 없는 날 진수성찬을 차려 놓고 먹으면 되는데 나를 위해 시간을 들여서 음식을 마련한다는 것이 귀찮으니 말이다.

나는 외출을 하는 것을 별로 좋아하지 않는다. 특히 진동처럼 아름답고 공기 좋은 곳에서 어디를 다니고 싶은 마음이 없다. 홀로 지낸다고 외롭거나 심심하거나 할 일도 별로 없다. 혼자 지내도 잘 놀 수 있다. 예수님과 성모님과 요셉 성인까지 계시니까 이분들의 현존에 머물러도 좋다. 저녁에 네 분의 수녀님들이 돌아오셨다. 서울 관구 수녀님들 일곱 분도 들어오셨다. 사람이 많으면 많아서 좋고, 없으면 비어서 좋다.

이래저래 좋은 것이 우리의 삶이 아니겠는가!

2020. 10. 24. (토)

나에게는 사랑하는 여동생이 하나 있다. 남동생은 셋이지만, 여동생은 막내로 하나다. 나는 휴가를 가게 되면 남동생에게보다 여동생에게로 간다. 동생에게는 언니가 나 하나다. 동생의 집에 갈 때마다 동생은 나에게 삼시 세끼의 따뜻한 밥과 맛있는 음식들을 정성스럽게 준비해서 대접하지만, 나는 동생에게 밥을 한 끼도 해준 적이 없다.

나는 좋은 동생을 둔 것이고, 동생은 좋은 언니를 두지 못한 것이다. 내가 젊었을 때는 동생은 언니에게 당연히 이렇게 해도 되는 것처럼 생각하고, 수녀 언니를 두었으니 집에 가주는 것만 해도 좋은 일이라고 생각했다. 그러나 지금 생각하니 동생에게 미안한 마음과 막내에 대한 애틋한 정이 새록새록 되살아난다. 조카들만 해도 그렇다. 고모라고 부르는 조카들은 최씨 집안인데도 거리가 있는 듯하고, 이모라고 불리는 조카들은 언제나 서로 살갑다.

나는 하나뿐인 여동생에게 언제나 고마움과 애틋함이 내 생각 안에 공존한다. 이곳에 있는 동안 동생과 조카들이 오면 생애 처음으로 내 손으로 음식을 해 줄 수 있는데, 한번 초대해야겠다. 이렇게 글을 쓰니 정말 보고 싶다.

2020. 10. 26. (월)

얼마 전에 족제비가 또 들어와서 횃대에 올라가지 못하는 백봉이 두 마리와 아픈 닭 청계와 중간 닭 한 마리를 죽였다. 백봉이는 어떻게 가져갔는지 흔적도 없다. 이제 백봉이는 네 마리뿐이었다. 그중 한 마리는 혼자서 횃대에 올라가서 잤는데, 제 동료들이 죽어 나가자 제가 동료들을 보호해야 한다는 책임감인지 밤마다 마당 한가운데에서 똘똘 뭉쳐 있다. 며칠 동안은 훈련을 시켰더니 잠자리를 닭장 안으로 스스로 옮길 줄 알았는데, 두 마리가 족제비에게 당하는 것을 목격하고 두려움 때문에 그 자리에서 자기를 싫어한다. 그래서 우리는 밤마다 백봉이를 잡아서 횃대에 올려주고 내려온다.

횃대에서 자던 녀석이 동료를 위하여 죽기를 각오하고 함께 추운 마당에서 떨고 있는 것을 보면 가슴이 아리며 가엾은 마음이 든다. 백봉 오골계들은 서로 우애가 깊다. 그래서 저희끼리 똘똘 뭉쳐서 지낸다. 말하자면 백봉이들은 서로 한 형제가 아닌가? 제 형제들을 다 잃고 겨우 네 마리만 남은 애들을 보면 참으로 안타깝다. 우리는 닭장 문 수리를 하고 철통 감시를 하기로 했다.

겨울 준비

2020. 10. 27. (화)

상강이 지나고 곧 서리가 내릴 것이기 때문에 아침저녁으로 꽤 쌀쌀하다. 식방에서 식사를 하기가 어설프다. 그래서 우리는 의논하여 화목난로를 놓기로 하였다. 전기나 가스, 석유를 사용하는 것보다 주변에 많은 나무를 연료로 쓰면 탄소배출도 줄어들 것이고 경제적이어서 화목난로를 택했다.

어제 난로 설치 전문가가 오셔서 화목난로를 설치하였다. 난로를 판 선생님은 난로를 40년간 만들어 판 분이다. 나는 이분을 그냥 장사꾼으로 보지 않는다. 긴 세월 연구를 하면서 한 우물을 파신 분이다. 난로의 디자인도 참하고 아주 과학적으로 잘 만든 난로다. 어젯밤에 난로에 지핀 불이 아침까지 불씨가 남아 있다. 아래쪽 재가 떨어지면 모으는 서랍을 약간만 열어놓아도 불씨가 살아난다. 소량의 나무로 식방을 따뜻하게 만들 수 있다. 불이 너무 타면 이 서랍을 닫아 놓으면 불이 사그라지나 불은 그대로 있다. 깔끔하고 아주 마음에 든다. 게다가 불을 피우니 불빛만 보아도 마음이 따스해진다. 우리는 모두 행복해했다.

따뜻한 방 안에서 식사를 하니 기분까지 훈훈하다. 이토록 좋은 난로를 만들어 장사하는 그분께 하느님의 은총이 함께하길 바란다. 그분은 개신교 장로님이시란다. 이 일로 우리는 겨울 동안 따뜻하게 지낼 것이다. 우리의 저녁 식사 시간이 앞으로는 더 길어질 것이다. 난로 옆에서 이야기꽃이 피리라. 우리에게 이런 좋은 난로를 사도록 허락해주신 하느님과 총장님께 감사합니다.

2020. 10. 28. (수)

오늘 하루 월 피정을 하면서 다시 펼쳐지는 자연의 향기를 맛보며, 겨울 채비를 하는 나무들을 보았다. 밤나무, 도토리나무, 감나무, 모과나무 등은 갈색 잎으로 변하면서 땅 위로 제 몸의 일부를 비워 내고 있다. 블루베리 나무도 빨간색과 파란색으로 조화를 이룬다.

성당으로 들어가서 감실과 십자가를 보면서 고요에 잠겨 오전 동안 기도를 했다. 오늘은 시몬과 유다 사도의 축일이다. 사도 요한을 제외한 모든 사도들은 하느님을 위해 순교를 당해

목숨을 바쳤다. 나는 나의 삶을 어떻게 하느님께 봉헌하며 살고 있는지 성찰한다. 크게 나를 희생시키는 것은 없는 것 같다. 그러나 내 뜻대로 살지 않고 장상과 책임자들의 뜻에 따르려고 노력하면서 살아간다. 물론 흡족하게 잘하는 것 같지는 않아도 말이다. 아마 희생보다는 순간을 은혜롭게 여기고 감사하며 사는 것이 주님 보시기에 좋은 삶이 아닌가 싶다.

점심은 평소에 싫어하는 콩장 반찬을 넣고 고추장을 반 숟가락 넣었다. 본성대로 하고 싶은 것을 슬그머니 밀어내고 욕구와 반대의 것으로 선택해 보는 것도 피정 때나 하는 일이다.

나는 산책을 하면서 감나무에 달린 탁구공만 한 홍시를 하나를 따서 맛을 보았더니 꿀맛같이 달고 맛이 있다. 역시 가을의 운치가 깊은 맛이 있다. 성당 앞 현관에 참새보다도 작은 예쁜 새가 꼼짝하지 않고 앉아 있다. 내가 옆으로 가도 가만히 있다. 나는 새를 손으로 살짝 잡으니 푸드덕거리다가 이내 가만히 있다. 나는 병아리에게 하듯 새를 살살 쓰다듬어 주었다. 그리고 수도 앞으로 가서 입을 헤벌린 부리 속으로 물을 찍어 넣어 주었다. 몇 방울을 맛보던 새가 부리를 닫고, 몸을 움직여서 손을 펴니 '삐리리' 하는 소리를 내면서 힘차게 나무 위로 날아갔다. 아마 탈수증이었나 보다. 이 새를 살렸다는 여운이 밤까지 기분 좋게 남아있다.

2020. 10. 30. (금)

기온이 점차 내려감에 따라 밤에는 꽤 쌀쌀하다. 비아 수녀님은 미미의 잠자리가 춥다고 미미의 침실을 만드느라고 요즘 분주했다. 장소를 물색한 다음 미미가 좋아하는 앞쪽으로 자리를 잡고 의자의 등받이와 방석을 배치한 다음 이불을 접어서 땅에 깔아 주고 지붕을 씌워 주었다. 그래서 미미의 훌륭한 침실이 지어졌다. 그리고 비아 수녀님은 아침에 일어나면 미미가 어디에서 잤는지 살펴보고 자기가 만들어 준 곳에서 자고 있으면 매우 흐뭇해했다.

비아 수녀님은 솜씨가 좋아 이것저것 잘 만들고 아이디어도 많다. 지난번에 크게 다친 다리 때문에 아직도 불편하지만, 다행히 조금씩 좋아지고 있다. 우리는 미미가 밤에 추위에 떨면서 잘 것 같아 염려했는데 다행이다. 인간이 무엇이든 사랑을 하면 그 대상에게 마음이 간다. 짐승에게도 연민의 정이 생긴다. 동물들은 오직 인간의 따뜻한 사랑을 갈구하고 특히 개들은 사람에게 충성을 다한다.

닭들을 지키기 위해, 닭장 앞에서 밤낮 지키는 우리 진동이도 추위에 떨 것 같다. 진동이 집이야 있기는 하지만, 볼품없는 개집이다. 추위를 막아줄 정도의 집이 아니다.

2020. 11. 4. (수)

날씨가 갑자기 기온이 뚝 떨어졌다. 아직 영하로 내려가지는 않았지만, 곧 내려갈 것이다. 오후에 닭을 풀어주고 닭장 앞에서 지키려니 바람도 불고 어설프다. 그런데 오늘은 아침 기온에 비하면 닭장 앞에 햇볕이 따스하니 좋았다. 그래서 오늘은 오전에 시간적인 여유가 있으니, 나는 닭들을 풀밭에 풀어 놓았다. 기분이 밝아진 나는 오래간만에 노래가 하고 싶었다.

마침 추위에 창문을 다 닫아 놓았으니 집안에까지 내 소리가 들리지 않을 것 같아 가곡을 몇 곡 부르고 성가도 불렀다. 닭들이 우르르 내 앞으로 왔다. 설마 음악 감상을 하려는 것은 아니겠지만, 닭들 앞에서 나는 공연을 한 셈이다. 왕년에는 많은 수녀님들 앞에서 선창을 하고, 소프라노 솔로를 했던 때도 있었는데 이제는 성대 결절인지 기도할 때나, 노래할 때 목소리가 잘 나지 않는다. 비록 내 마음에 차지 않는 소리지만 오랜만에 마음껏 목청 높여 노래를 불렀다.

노래는 잘하지 못하더라도 기도라도 잘할 수 있는 목소리를 달라고 여러 번 하느님께 애원했는데, 이미 유효기간이 지났는지 하느님께서는 내 간청을 들어주지 않으신다. 지난 시절 잘 나간 것으로 끝난 것 같다. 노래를 잘할 때도 하느님께 감사드렸고, 노래를 잘못할 때도 하느님께 감사해야 한다.

그나마 다행한 것은 말하는 데 이상이 없으니까, 매사에 그분께 감사해야 한다.

2020. 11. 6. (금)

올해 진동 요셉의 집 감나무에는 유난히 감이 나무마다 주렁주렁 달렸었다. 그런데 두 번의 태풍으로 얼마 남지 않았다. 우리는 대봉감을 따서 여기저기 나누어 주고 약간의 감은 우리가 먹고 있다. 아직 감이 잘고 못난 것들은 나무에 그대로 있다. 그 못난 것들이 가을의 막바지를 장식하고 있다. 닭장 앞에만 대봉감을 좀 남겨 두었는데, 매일 곡예를 하듯 감나무에 잘 올라가는 암탉이 야금야금 먹어댄다. 그런데 어제는 높은 꼭대기에 있는 감을 찍어 먹으며 연신 꼬꼬댁거리며 신경질을 부린다. 먹기는 먹는데 먹기가 불편한 장소라서 자꾸만 나무가 흔들리니까 소리를 질러댄다. 별 웃기는 녀석이다.

좋은 직장에서 일하면서 급료도 많이 받고 여러 가지로 조건이 좋은데, 날마다 불평불만을 많이 하는 사람도 있다. 온갖 조건이 다 마음에 드는 사람이 어디에 있겠는가? 우리가 살아가는데 반드시 원하지 않는 것과 좋은 것과 섞여 있기 마련이다.

2020. 11. 8. (일)

오늘은 한 달에 한 번 있는 '프리 데이(Free Day)'이다. 그래서 닭장에는 아침에 한 번 다녀왔기에 오후에 저녁만 주러 가고 EBS에서 주말에 하는 영화감상을 하기로 하고 혼자 TV에 나오는 영화를 보고 있었다. 그런데 두 시가 되니 내 귀에 닭 울음소리가 들렸다. 진짜로 우는 소리가 아니라, 생각으로 듣는 것이다.

이런 일이란! 나는 늘 두 시에 닭들을 풀밭에 풀어주고 있었기에 그 시간이 되니 자동으로 행동이 나오는 것이다. 과연 나는 닭들의 엄마인 것 같다. 그래서 시간에 인색하던 내가 닭장 앞에서 한 시간 반을, 닭장 안 청소와 물을 바꾸어 주고 기타 필요한 일들을 마치면 두 시간이 걸린다. 그것은 나에게 마음의 청소와 힐링의 소중한 시간이 되는 것이다. 오늘은 오랜만에 열다섯 개의 알을 낳았다. 너무 많이 먹어서 내장에 기름 저장이 많이 되었는지 알을 낳다가 중지한 녀석들이 많다. 먹이를 좀 줄여야 할 것 같다. 늘 포만감이 오도록 먹고 싶어 하는 것이 탈이다.

사람도 그런 것 같다. 시간이 바쁘면 먹을 것에 대한 생각이 날 틈이 없는데, 시간이 있으면 눈에 보이는 것들을 집어 먹으려 한다. 그러다가 비만이 되면, 건강에 이상이 생긴다. 무엇인가 절제하고 조절하고 참고 인내하면 만사에 있어서 많은 문제점이 사라진다. 자신을 통제할 힘이 있다는 것은 긴 훈련을 할 때 그렇게 할 수 있다고 본다. 결국, 신과의 관계도 기도의 훈련을 닦고 갈아서 늘 끊임없이 만나려고 애써야 그 관계도 깊어진다.

2020. 11. 10. (화)

참으로 오랜만에 우리 가타리나 수녀님의 손톱에서 봉숭아꽃으로 물든 빨간 예쁜 손톱을 보았다. 소녀와 같은 동심으로 돌아가서 이렇게 손톱에 봉숭아 꽃잎을 찧어서 싸매고 하룻밤을 자고 나면 빠알간 물이 든다. 수녀님은 여름에 봉숭아 꽃잎을 모아 준비해 둔 것을 냉동실에 넣어 두었다가 수시로 손톱에 물을 들이는데, 진동에서는 너무 바빠서 처음으로 손톱에 꽃물을 들였다. 수녀님의 청순한 소녀 같은 감상적인 마음이 놀랍다.

어릴 적 여름이면 어머니가 봉숭아 꽃잎을 준비해서 손톱과 발톱에 싸매어 주면 밤새 자면서 다 빼어버려 아침에 일어나면 손톱, 발톱에서 빠져나간 것들이 방안에 굴러다녔었다. 추억은 아름다운 것이다. 우리는 모두 자기들의 어린 시절 봉숭아 물들였던 일 이야기를 하였다. 이러다 보면 아침 식사 후 빨리 일하러 나가야 하는데, 이야기는 꽃이 피고 난로는 기대에 어긋나지 않고 불이 잘 타서 식방 공기는 따스하니 그냥 놀고 싶어진다. 그래서 갑자기 우리는 식후 기도를 하고 후다닥 일어난다.

2020. 11. 14. (토)

닭이 아플 때 꼬리를 축 늘어뜨리고 먹이도 먹지 않고 걸을 때는 어기적거리며 걷는다. 심하면 움직이지도 않고 졸고만 있다. 오늘도 오전·오후 두 차례 우유에 청심환 물약을 타서 먹였다. 이제 약간 힘이 올라 잡으려 하면 도망을 다녀 붙잡기가 쉽지 않았다. 이 녀석 약을 먹일 때 다른 닭들은 부러운 시선으로 죽 쳐다보고 서 있다. 기운을 좀 차린 이 녀석은 제법 먼 곳까지 돌아다니며 먹이를 찾아 땅을 파헤친다. 그러나 아직 힘이 없다.

우리가 어릴 때 어머니는 아픈 자식이 있으면 먹을 것이나 간식을 특별히 챙겨서 주셨다. 그러면 우리는 그것이 부러웠다. 둘째 남동생이 몸이 약해서 매일 달걀 하나를 밥에다 넣어서 비벼 주었는데, 당시 매일 달걀 한 알을 먹기는 쉽지 않았다. 막내 여동생에게는 오빠가 아파서 약을 밥에 타서 준다고 하셨다. 여동생이 그것이 달걀이라는 것을 안 것은 훨씬 뒤의 일이다.

아픈 닭에게 특별한 것이나, 아픈 자식에게 특별한 것이야말로 공정한 것이다. 모두에게 똑같이 분배하는 것이 공평한 것이 아니라, 필요한 이에게 더 줄 수 있는 것이 공평한 것이다. 그것이 또한 예수님의 마음이다.

2020. 11. 16. (월)

어젯밤 진동이의 목줄이 끊어져서 드디어 진동이가 자유의 몸이 되어 수녀원 문 앞으로 내려왔다. 얼마나 사람의 손길이 그리웠으면 다른 데로 가지 않고 우리에게로 달려왔을까? 다니엘 수녀님이 그것을 보고 다시 진동이의 목줄을 걸어서 주방 앞문 앞에 붙들어 매어 주고 3층으로 올라왔다. 가슴이 짠하다. 오늘 밤에는 닭장 문 앞에서 자지 않아도 된다. 진동이의 목줄에다가 철사를 연결해서 이리저리 움직일 수 있게 고정해 놓은 철사가 끊어진 것이다. 만약 닭이 밖으로 나왔을 때 그렇게 되었더라면 대형

사고가 날 뻔했다. 나는 어제 낮에 한 가닥만 철사가 남은 것을 미리 알았는데 하룻밤 정도는 괜찮을줄 알았다. 아무튼, 진동이는 아침에 닭장 앞으로 붙들려가서 실장님이 다시 철사 끈을 튼튼히 연결해서 닭장을 지키도록 해놓았다. 닭을 키우는 데 1등 공신은 단연 진동이다. 가엾은 우리 동이!!!

2020. 11. 18. (수)

나는 진동에 내려 온 이후 많은 선물을 받는다. 생각하면 마땅히 받을 이유가 없지만 부족함 없이 수녀님들, 봉사회원들, 조카로부터 선물을 받았다. 주님께서 이분들의 마음을 움직이시는 것 같다. 특히 우리 조카 유진이는 이모의 마음속을 알고 있는 것처럼, 때때로 맛있는 먹을 것들을 보내준다. 그렇지 않아도 잘난 조카가 내 마음을 온통 쏠리게 하니, 나도 어쩔 수 없는 속물인 것 같다. 2월에 이곳으로 소임을 왔을 때, 유진이가 나에게 물었다.

"이모, 뭐 필요한 것 없으세요?" 내가 "아니 필요한 것은 없는데, 마음이 조용하니 과자 같은 것이 당기네." 그 이후 유진이는 나에게 이것저것 자주 챙겨주었다. 그리고 한 번 보낼 때마다 서너 군데에서 연달아 택배가 온다. 그래서 유진이 선물을 받을 때면 나는 무척 마음이 설렌다. 마치 초등학생처럼, 늙어서도 이런 마음이 생기다니 내가 다시 어린이가 되는 것이 아닌가 싶다. 그래도 나는 마음이 무감각해져서 무시 덤덤하게 사는 것보다 생기있고, 감사하고, 경이롭고, 은혜롭고, 설렘이 있는 삶을 사는 것이 좋다. 한창 바쁘고 마음에 여유가 없었을 때는 감정이 메말랐는데, 이제 다시 내 감정을 찾은 것 같다. 나에게 이런 시간을 허락하신 하느님과 장상님께 감사드린다.

추운 날, 따뜻한 추억

2020. 11. 26. (목)

꿈에 엄마가 집에 계시지 않았다. 나는 5남매의 맏이여서 동생들 앞에서 눈물을 흘리지 않았었다. 눈물이 나면 아무도 없는 곳에서 울었는데, 꿈속에 누군가의 앞에서 "엄마가 어디 가신 거야. 왜 안 오시는 거야" 하면서 꺼이꺼이 소리 지르며 울었다. 너무 슬퍼서 감정을 조절할 수가 없었다. 엄마가 없는 집은 말할 수 없이 쓸쓸했다. 한참 울다가 잠에서 깨어났다. 꿈이라 다행이라고 생각하는 순간 어머니가 돌아가신 지가 6년이나 되었다는 것을 알아챘다. 그 순간 어머니의 희생이 조목조목 떠올라 잠을 설쳤다. 생전에 휴가 한 번 제대로 가시지도 못하고, 외갓집에 가셔도 단 하룻밤만 보내고 돌아오셔야 했던 어머님이 안 계셨다면 우리는 얼마나 불행했을까. 부모님은 우리가 다 성장하도록 살펴주시고 책임 완수를 하셨다. 나는 아버님, 어머님을 너무너무 감사하고 존경하고 사랑한다.

2020. 11. 28. (토)

우리 아버지는 조용하시고, 자상하시며, 인정이 많은 분이셨다. 나는 맏딸로서 아버지의 섬세한 사랑을 많이 받았다. 그편은 어머니보다도 아버지의 사랑이 더 회상이 많다. 어릴 적부터 아버지의 사랑을 많이 받아온 우리는 그것이 당연한 것인 양 생각했는데, 나이가 들어감에 따라 아버지의 그 사랑의 손길 하나하나가 자비하신 부성애의 섬세한 사랑의 손길임을 깨닫게 된다.

겨울이면 밤마다 뜨거운 물을 데워서 발을 씻어 주셨던 아버님, 아버지는 가장 깨끗한 큰딸의 발을 먼저 씻어 주시고, 다음에 엄마의 발, 그다음에 막내딸의 발을 씻긴 다음 당신의 발을 씻으셨다. 남동생들은 다른 방에서 저희끼리 알아서 씻었다.

겨울이면 연탄불을 교체하는 것도 아버지의 몫이셨다. 아버지가 술에 취하신 날이면 다음 날 아침에 연탄불이 꺼졌다. 그러면 아버지가 어머니에게 "여편네가 탄불도 안 바꿔서 꺼뜨리네" 하시며 잔소리를 하셨다. 그것은 어머니로서는 어쩔 수 없는 일이었다. 습관이 안 되었기 때문이다. 그러면 아침에 아버지가 연탄불을 다시 살리셔야 했다. 집안에 소소한 일들을 아버지께서는 어머니를 사랑하는 마음으로 하셨고, 어머니는 잔소리보다 큰소리를 하셨다. 어머니는 당당하고 배짱이 있으셨고 바른 소리도 잘 하셨다. 친구끼리도 누가 누구를 따돌리거나 부당하게 하는 것을 잘 참지 않으셨다. 그리고 유머 감각도 있었고, 두뇌는 어머니 쪽이 더 좋은 것 같았다. 그래도 외적인 모든 일은 아버지께서 다 처리하셨다.

한번은 내 생일날 아침에 엄마가 닭고기를 넣은 미역국을 끓여 주셨는데, 점심 식사에 배추쌈을 내놓으셨다. 음력으로 내 생일은 거의 겨울이다. 지금도 그렇지만 나는 생채소를 거의 먹지 않는다. 나는 엄마가 벌써 딸 생일을 잊고 제일 싫어하는 생야채를 밥상에 차린 것에 마음이 상해서 빨랫거리를 찾아서 냇가로 빨래를 하러 갔다. 빨래를 다 빨았을 때 아버지께서 내 대야를 받아 가시며, “방안에 가 봐라.” 하셨다. 방문을 여니 밥상 위의 닭 미역국에 달걀 하나를 넣어서 따끈하게 데운 국과 밥 한 그릇이 놓여 있었다. 한참 배가 고픈 터라 나는 맛있게 점심을 먹었다. 이후 한 번도 그것이 고마웠다는 말을 한 적이 없다. 우리 아버지는 그런 분이시고 엄마 성격은 그런 딸의 감정을 조금도 헤아리지 않으셨다. 먹기 싫으면 말지 하는 식인데, 어찌 보면 나는 엄마의 성격을 닮은 것 같다.

나는 지금 닭장 일기를 빌미로 어쩌면 내 삶의 그 모든 것들을 하나하나 쏟아내고 있는지 모르겠다. 아버지에 대한 회상은 너무나 많아 아예 거론하기가 부담스러워서 지금껏 표현하지 못했다. 이제 그 실마리가 시작되었으니 앞으로 한 줄씩 나올지도 모르겠다. 처음에 이 글을 쓸 때는 그냥 닭장의 소소한 일을 쓰려고 했는데, 지금 생각하니 내 생의 마지막을 준비하는 자기 회상 내지는 고백록이 되어가고 있다는 생각이 든다. 누가 읽든 말든 그냥 쓰고 싶어서 쓰는 것이다. 이 일이 생각보다는 구미에 당기는 일이다.

2020. 11. 30. (월)

한 번 친구는 영원한 친구다. 오늘 서랍 정리를 하다가 미국 텍사스 코퍼스크리스티에 있는 Incarnate Word And Blessed Sacrament 미국 수녀원의 친구 수녀님이 헤어질 때 나에게 작별 선물로 준 공책을 하나 발견했다. 그 공책은 로즈 미리암 수녀님이 작성한 기념 노트이다.

텍사스에 있는 작은 항구 도시인 그곳의 수녀원에서 만 1년간을 머물렀는데, 그곳에는 나에게 친절하게 해준 수녀님들이 계신다. 특별히 나에게 관심을 많이 가지고 돌보아 주신 캐서린 수녀님과는 매일 저녁 식사 후에 부두로 걷기 운동을 하러 갔다. 1시간 정도 산책을 하면서 우리는 많은 대화를 하였으나 나는 영어를 배우는 중이었기에 말을 잘하지 못했다. 내가 말을 할 때면 캐서린 수녀님은 발음을 가르쳐 주곤 하였다. 어떤 때는 하고 싶은 말이 많은데 안타깝게도 표현을 다 할 수 없었다. 그럴 때면 나는 캐서린 수녀님에게 이런 말을 하곤 했다. 지금은 내가 하고 싶은 말을 다 할 수 없지만, 죽어서 하늘나라에 가면 우리가 다시 만날 때 아무런 문제가 없을 것이다. 그러면 캐서린 수녀님은 소리 내어 웃었다. 나보다도 나이가 열다섯 살이나 더 많았다.

산책을 끝내고 수녀원으로 돌아오면 이번에는 로즈 미리암 수녀님이 기다리고 있다가, 나에게 자기와 같이 놀러 가자고 한다. 그러면 나는 2차로 산책을 했다. 그 두 분은 나이 차이가 많이 나고, 서로 생각도 달라서 함께 놀지는 않았다. 로즈 미리암 수녀님은 나보다 다섯 살 더 위였다. 나는 이분들이 Sarita(수녀원의 별장)로 개인 피정을 할 때마다 함께 갔다. 과거에 학교에서 영어를 가르치셨던 노린 수녀님은 나에게 영어를 가르쳐 주셨다. 그때 연세가 85세였으니까 지금은 돌아가셨을 것이다. 브리짓 할머니 수녀님 역시 벌써 천국에 가셨을 것이다. 나는 하늘나라에 가면 미국 수녀원의 수녀님들을 꼭 만나야겠다. 나에게 친절했던 낸시 원장 수녀님도 만나고 싶다. 먼 옛날의 추억이 오늘 저녁 나를 행복하게 한다.

겨울

당신께 가는 날

2020. 12. 1. (화)

화목 난로를 설치한 후 우리는 아침저녁으로 기온이 내려갈 때는 불을 피우고 난로에 고구마를 넣어서 구워서 먹을 수 있는 쏠쏠한 재미를 본다. 식방이 따스하게 데워지면 자연히 화제가 넘쳐나고, 식사 시간이 길어진다. 다들 마음이 급하지만 할 말이 많아서 쉽게 끊기가 힘이 든다. 그것은 대화가 없는 공동체에 비하면 즐거운 비명이다.

아침에 닭장을 가면 벌써 물이 얼어 있다. 닭들이 물을 먹을 수가 없다. 나는 물그릇의 얼음을 깨뜨려서 닭이 물을 먹을 수 있도록 해준다. 오늘은 헤르만 수녀님이 낙엽과 덤불을 걷어서 닭장에 수북하게 넣어 주었다. 얘들은 좋아서 폭신한 풀덤불에 몸을 비비고 파헤치고 신나게 논다. 이렇게 해주면 덤불 속에 똥을 누고, 먹이도 생기고 목욕도 하고 닭들의 생태계가 창조되는 모양이다. 그것은 아주 흥미로운 일이다. 겨울 닭장 안의 썰렁한 풍경이 아늑하고 푹신한 느낌을 주는 풍경으로 바뀌었다. 나는 닭들을 보면 관찰하고 관조하는데, 헤르만 수녀님은 닭들을 위해 움직이며 일을 창조한다. 다니엘 수녀님은 몸을 열심히 움직여 닭들을 행복하게 보살핀다. 이제 비아 수녀님이 건강이 좋아져서 닭 먹이를 주기 위해 돌아가며 차례를 한다. 다들 할 일이 많아 돌아가며 닭장 차례를 하지만, 나는 닭장 사장이니까 매일 한다.

2020. 12. 2. (수)

어제 벌써 이 해의 마지막 달력을 넘겼다. 아하, 참 빠르게 시간이 흐른다. 매일매일 뭔 일이 그렇게 많은지 우리는 하루가 어찌 지나가는지 모르게 바쁘다. 그러나 그 순간순간이 정말 행복하고 즐겁다. 빠르게 세월이 흐르면 빨리 늙을 것이고 빨리 늙으면 하느님께 갈 시간이 빨리 올 것이다. 그것도 나쁘지 않다. 지루하고 지겨워 죽겠다는 것보다 훨씬 좋은 일이 아닌가? 그러나 막상 죽을 때가 되면 세상에 더 살고 싶다고 추태를 부릴지 모르겠다. 그러면 나에게 실망이다. 오히려 '나의 영원한 임이여, 이제 당신께 가려고 합니다.' 하고 지체치 않고 떠나기를 고대한다.

당신은 반드시 나와 함께 계셔서 내가 노망이 들어 그렇게 하지 않게 해주시기를 희망한다.

이 해가 가기 전에 2년 전 멸치 액젓을 담아 놓은 것을 헤르만 수녀님은 오늘 장작불을 때서 액젓을 달였다. 어제부터 일을 시작했는데 다 마치지 못해서 오늘 오전 동안 부직포를 놓고 액젓을 맑게 거르는데, 정말 할 일이 장난이 아니다. 나는 옆에서 조수로 일하는데 물을 1톤도 넘게 썼을 것이다. 연신 씻고 빨고 나르면서 생각하니 내가 공주과는 아닌 것 같아 행복했다. 나는 일을 하면서도 어떻게 하면 더 재미있고 신나게 할까 생각을 하면서 일을 한다. 그 일에 '부가가치세'를 부여하면 더 보람이 있고 주님께서도 기뻐하실 것이다. 힘든 일일수록 그렇게 하면 확실히 효과가 있다. 오늘 점심 전에 끝났지만, 내년에도 이만큼 할 양이 남았단다. 결코, 맛있는 것을 먹기란 쉽지 않다. 어려운 작업으로 한 것이니 우리를 도와주시는 은인들과도 나누었다. 가격이 비싸서 값진 것이 아니라 지난 한 노동의 대가가 들은 것이니 값지다.

2020. 12. 4. (금)

내가 처음 닭장에 다닐 때 알을 낳던 닭들이 휴지기에 들어간 지가 꽤 된 것 같다. 그중 한 마리가 장 닭들에게 하도 당해서 목덜미와 등에 털이 다 벗겨져 있었다. 그런데 이 녀석이 요즈음 털갈이를 하느라 꼴이 말이 아니다. 본인이 생각해도 너무 쪽팔리는지 주로 횃대에 앉아 있다. 가끔 너무 배가 고프면 내려 왔다가 모이를 먹고 바로 올라간다. 마당이나 풀밭에 다닐 생각은 하지 않는다. 그래도 내심 기대가 크다. 털갈이가 끝나는 날 찬란하게 변신해서 뭇 수탉들의 시선을 사로잡고 암탉들의 질투를 받으리라. 털갈이가 끝나면 기름이 번지르르하게 돌고 다시 아름다워진다니 기대해 볼 만하다. 본인도 아는지 그날을 기다리며 인내로 견디며, 그 우스꽝스러운 몰골을 드러내지 않는다. 나는 이 녀석의 건강에 문제가 생길까 싶어 꼭 확인한다.

독수리는 매년 털갈이를 하고 원래 수명은 마흔 살이지만 일흔 살까지 살기 위해 노력한다고 한다. 마흔 살쯤 되면, 부리가 굽어져 가슴 쪽으로 파고들며 발톱도 굽어져 사냥도 할 수 없다. 그렇게 되면 먹이를 구할 수가 없게 된다. 이때 더 살기로 생각한 독수리는 '발톱, 부리, 깃털'을 다 뽑는단다. 살기로 마음먹은 독수리는 절벽에서 급강하하여 휘어진 부리를 부러뜨리고 그 자리에 날카로운 새 부리가 돋아나면 이제는 새로 생긴 부리로 굽어진 발톱과 깃털들을 뽑아버린단다. 이렇게 뽑은 발톱과 깃털은 150일 후에 다시 나오게 되는데, 더 살기 위해 부리를 부러뜨리고 깃털을 뽑고, 발톱을 뽑는 것은 우리가 생각할 수 없는 상상을 초월할 고통이라고 한다. 그 후에 서른 살을 더 살아 일흔 살까지 사는데, 지독한 고통을 감수할 수 없는 독수리들은 제2의 삶을 포기하기도 할 것이다. 창공을 멋지게 가르며 날아가는 독수리의 시선 또한 날카롭디 날카로워 땅 아래에 있는 웬만한 물체를 식별할 수 있단다.

독수리와 같이 청청한 삶을 살아가기를 원할 것인가? 보통 새로 살아가기를 바랄 것인가? 아직도 우리가 도전해 볼 가치가 있는 삶이다. 그것이야말로 성인들이 걸어간 험난하고도 지고한 사랑의 길이다.

2020. 12. 6. (일)

오늘은 주일이지만 우리는 본당 미사를 다녀와서 어제 뽑은 배추를 다듬고 절이고 하였다. 내일 헤르만 수녀님이 대구에 가실 때, 소금으로 절인 배추를 주문한 분들에게 줄 것이다. 이것을 다시 나중에 씻어야 한다. 절인 배추 20 킬로그램에 6만 원을 받는다. 그리고 절이지 않은 배추 한 포기는 4천 원이다. 안 절이고 파는 것이 좀 쉬운 편이지만, 요즈음은 전부 절인 배추를 원한다. 그래서 우리는 모두 나와서 함께 작업하였고, 앞집의 엘리사벳 자매님이 오셔서 함께 도와주셨다. 우리는 모두 즐겁게 일을 하였다.

힘은 들어도 고추 농사를 짓는 것보다는 수익성이 있다고 헤르만 수녀님은 좋아하였다. 나는 아직도 노동력에 비교해 소득이 시원치 않은 것 같지만, 이제 농촌의 삶이란 이윤이 적다는 것에 슬슬 적응해 가는 것 같다. 공산품은 대량으로 나오고 인건비를 제해도 수입이 많은데, 농민들의 땀의 값은 너무 저렴하지만, 서민들의 팍팍한 삶을 생각하면 어쩔 수 없는 것 같다.

비료 한번 배추에 준 적이 없지만, 미생물은 배추를 제법 잘 자라게 해주었다. 물론 여러 차례 진딧물 때문에 식초를 주느라 수고를 했지만, 이 배추를 키운 헤르만 수녀님의 기분은 정말 뿌듯해 보였다. 물론 나도 한 손 도와서 진딧물에 식초를 뿌리는 일을 거들었지만 여러 차례 이 작업을 한 헤르만 수녀님은 정말 수고를 많이 하셨다. 배추 삼백 포기에 일일이 잎을 들춰가며 식초를 분무기로 뿌렸다. 그중에 여러 포기는 진딧물이 심해서 미리 뽑혀서 닭의 먹이가 되었다. 건강한 먹거리를 사려고 직접 이곳을 찾아오는 분들에게도 우리는 좋은 일을 하는 것이다. 상부상조하는 것이리라.

2020. 12. 8. (화)

나는 성모 마리아께 젊은 시절부터 많은 은혜를 받았다. 초등학교 1학년 때 여름에 강에서 물놀이를 했는데, 귀에 물이 들어갈 것 같아 귀에 솜을 넣고 물에서 놀았다. 그리고 솜이 빠져나간 것을 모르고 계속 내 귀에 든 솜을 찾는데, 사촌 오빠의 친구가 그것을 귀에서 꺼내 준다고 한참을 귓속을 쑤셔서 찾아보았지만, 솜을 찾지 못하고 나는 집으로 돌아왔다. 그때부터 10년간 귀를 앓았다.

귀가 아프면 엄마하고 같이 의원에 가서 주사를 맞고 학교에 가곤 했다. 그래서 귓속에서 늘 기계 돌아가는 잡음이 들리고 작은 소리는 감지하기가 어려웠다. 그런데 어느 날 밤에 동생들과 함께 누워서 자는데 갑자기 아무 소리도 들리지 않았다. 나는 두려워서 엄마에게 아무 소리도 들을 수 없다고 했는데, 갑자기 모든 소리가 들리기 시작하더니 지금까지 들리던 기계 소리가 멈췄다. 그러나 즉시 한 소리가 들렸다. "지금 네 귀가 나은 것을 아무에게도 말하지 말아라." 이후 나는 내 귀가 좋아졌다는 말을 몇 년 동안 말하지 않았다. 다시 재발할 것 같아 두려웠다. 집에서는 이 사실을 아무도 묻지 않았다. 왜냐하면, 듣는데 더 이상 문제가 없으니까 이를 궁금히 여기는 사람조차 없었기에 그렇다. 그만큼 모두 사는데 바빴다.

오랜 시간이 지난 뒤에야 그 목소리의 주인공이 본격적으로 궁금해졌다. 그때 당시에 내 머리에 떠오른 분은 '성모 마리아'였다. 내가 레지오 단원으로 열심히 활동할 때였기 때문이다. 내가 수도자가 되기에는 당신의 도움이 없이는 너무나 부족하기에 나를 고쳐가며 쓰신 것이리라.

오늘 '원죄없이 잉태되신' 성모님의 대축일을 맞이하여 미사를 드리면서 나는 성모님께 정말 감사의 기도를 드렸다. 이분은 항상 나와 함께 하시며, 내가 하는 일을 도와주신다. 나는 그것을 늘 느낀다. 그래서 나는 나를 낳고 키우신 육신의 어머니와 나와 함께 현존하시면서 도움을 주시는 성모님과 두 분의 어머님이 계신다. 죄 많은 내가 거룩한 어머님을 모시고 산다니, 적어도 나도 비슷하게 되는 것이 소원이다. 그럼에도 불구하고 나는 내 기질대로 살아간다.

2020. 12. 9. (수)

오늘은 최저의 기온으로 영하 3도가 되었다. 나는 닭장의 물과 진동이가 마실 물이 얼었을 것이 걱정되었다. 아침 식사 후 빨리 닭장으로 가서 닭들이 마실 물을 보니, 다행히 아주 꽁꽁 얼지는 않아 진동이가 마실 물과 닭들이 마실 물의 얼음을 깼다. 그런데 닭의 물에는 어제 넣은 발포성 소독약 때문에 락스 냄새 비슷한 소독약 냄새가 났다. 그래서 물맛이 별로인지 닭들이 이 물을 마시기를 싫어했다. 닭의 머리는 나빠서 '닭대가리'라고 부르는데, 내가 보면 닭들이 두뇌가 그렇게 나빠 보이지는 않는다. 어찌 아는지 관으로 통하는 물을 너도나도 쪼아서 먹으려 하고 있다. 평소에는, 이 물을 먹는 닭이 거의 없다. 그래서 나는 두 버킷의 물을 통에 넣어 주었더니 어제부터 물을 제대로 마시지 못한 녀석들이 너도나도 물을 마시느라, 그 근처를 떠나지 않는다. 소독

이고 뭐고 간에 오늘 오후에는 물을 전부 바꾸어 주어야겠다.

진동이는 너무 춥다고 방석을 깔아 주었더니 방석을 뜯고 안의 내용물을 하나하나 뜯어내어서, 그 방석을 빼앗아 미미에게 깔아 주었다. 그렇지만 날씨가 추워지니까 진동이가 가여워서 담요를 깔아 주었더니, 매일 아침 담요를 제집에서 밖으로 빼내어 사람 열 받게 하였다. 저녁이면 가여워서 넣어주고, 진동이가 아침에 담요를 밖으로 빼내면 나는 다시 담요를 밖으로 치워둔다. 이 녀석이 사람을 훈련시킨다. 그래도 관심을 끌어서 한 번이라도 더 사랑을 받든지, 야단을 맞든지 하려고 하는 것 같아 안쓰러운 마음이 우리 가슴에 늘 도사리고 있다. 미미에 비하면 진동이는 서러울 것 같다.

인생도 마찬가지인 것 같다. 누구는 고귀한 신분으로 태어나 부모덕에 마음껏 사랑받고 온갖 좋은 것을 다 가지고 먹고 자라고 그 앞길이 탄탄대로이지만, 누구는 태어나는 순간부터 부모에게마저 버림받고 평생 서럽게 살아야 하는 기구한 운명을 가진 채로 살아간다. 어쩌면 이 문제는 하느님께서도 어쩔 수 없는 문제인 것 같다. 미미와 진동이의 입장을 똑같이 해 줄 수 없는 것만 보아도 그렇고, 어떤 점에서는 둘을 같이 대우해주고 싶은데 미미는 가능해도 진동이는 말썽만 부리니까 잘 안된다. 진동이는 사랑이 고파서 그런 것 같다. 진동이는 늘 언덕에서 우리를 내려다보고 있다. 그래서 맛있는 것이 생기면 어떻게든 똑같이 나누어 주려고 노력한다.

2020. 12. 11. (금)

조류 인플루엔자 때문에 계속 닭들을 방사할 수가 없다. 우리 닭들은 내가 닭장에 갈 때마다 문 앞에 바짝 붙어 밖으로 나갈 채비를 하고 있다. 그러다가 오늘 청계 암탉 한 마리가 내가 못 본 사이에 밖으로 튀어 나갔다. 먹이를 주려고 하는데, 밖에서 꼬꼬댁거리며 요란했다. 나는 준비한 먹이통을 땅에 놓고 문을 열고 내다보니, 암탉 한 마리가 장안으로 들어오려고 하는데, 갑자기 진동이가 펄쩍 뛰어오르는데, 목줄이 끊기면서 진동이가 닭을 잡으려고 전속력으로 뛰었다. 위급한 상황이 발생했다.

진동이는 무지무지 빠른 속력으로 닭을 향해 달리고, 나는 닭장 안에서 횃대를 놓고 있는 다니엘 수녀님을 고래고래 소리질러 불렀다. 찰나에 진동이는 닭을 잡은 것 같고 닭은 꼼짝 못하고 주저앉아 있는데, 다니엘 수녀님이 개에게 뛰어가고 나는 위에서 진동이에게 소리를 질러댔다. 다니엘 수녀님 때문에 진동이는 닭에서 떨어지고 다시 뛰어올라 닭을 잡으려고 난리였다. 다행히 다니엘 수녀님은 닭을 팔에 안고 닭장으로 올라왔다.

닭은 죽지 않았다. 진동이는 미미를 산책시키는 비아 수녀님 쪽으로 뛰어가서 미미를 따라갔다. 다니엘 수녀님은 청계를 팔에 안아 진정시키고, 나는 집으로 달려와 청심환 액체에 우유를 타서 다시 닭장으로 올라갔다. 다니엘 수녀님이 팔에 앉은 청계는 진정이 되어 조용히 있다가 우리가 약을 먹이려니 거세게 저항을 했다. 억지로 약을 먹이고 풀어 주었더니, 먹이를 잘 먹고 다녔다.

그래도 모이가 별로 없어서, 죽도록 놀란 닭에게 특혜를 베풀어 먹이를 충분히 따로 주었다.

진동이 때문에 우리는 여러 차례 놀랐다. 오늘은 정말 그 닭이 꼭 죽는 줄 알았다. 그러나 닭이 너무 놀란 나머지 오금이 떨어지지 않아 죽은 듯 엎드려 있었고 진동이는 다 잡은 닭을 놓친 것이다. 이 암탉은 영양 상태가 아주 좋아 살이 디룩디룩 쪘고 지금 알을 잘 낳는 닭이다. 얘가 죽었더라면 우리는 매우 원통할 뻔했다. 수녀님들은 닭이 청심환을 먹을 것이 아니라, 내가 먹어야 할 것이라고 말했다. 사실 십년감수한 것같이 나는 놀랐다. 세상 살아가는 데 쉬운 것은 아무것도 없는 것 같다.

2020. 12. 15. (화)

아침 기온이 뚝 떨어져 영하 5도까지 내려갔다. 식사 후 물을 한 통 끓여서 닭장으로 올라갔다. 물을 들지 않고 몸만 올라가는 것도 만만치 않은 언덕이다. 그래도 나는 물통을 들고 나의 심장 기능을 테스트하며 낑낑거리며 올라갔다. 딱 한 번만 쉬고 닭장까지 들고 갔다. 진동이 녀석은 어제 춥다고 다시 깔아 준 담요를 밖으로 끌어내서 물어뜯고 있었다. 진동이는 과연 개새끼였다. 우선 진동이가 먹을 물을 얼어버린 물통에 뜨거운 것으로 위에 부어주었다. 닭들의 식수도 꽁꽁 얼었다. 그 위에 뜨거운 물을 그냥 부어주었다. 닭들은 그동안 참았던 목마름을 해소하기 위해 물가로 몰려와서 너도나도 물을 찍어 마셨다. 물 한 통을 여기저기 나누어 주었으니 햇빛이 나면 다소 녹을 것이다.

세상 살아 있는 그 모든 것은 물을 마셔야만 생명 유지를 할 수 있다. 이렇게 소중한 생명수를 하느님께서는 온 세상에 골고루 넉넉하게 주셔서 음료수로 모든 동식물의 생명을 살릴 수 있게 허락하셨다. 돈 없이 신분의 귀천이 없이 그 모든 이들은 물을 마실 수 있다. 그런데 인간들이 세상의 공기와 수질을 오염시켜 놓고 더 좋은 물을 만들어 부자들은 물을 사서 마신다. 공기청정기를 설치해서 좋은 공기를 마신다. 이래저래 가난한 이들만 고통을 받으며 힘겹게 살아간다. 그러니 어찌 하느님께서 가난한 이들을 돌아보시지 않겠는가? 그래서 당신의 아드님을 인간 세상에 보내시지 않았는가? 예수님은 인간을 심판하실 때 당신이 굶주렸을 때 먹을 것을 주었고, 목말랐을 때 마실 것을 주었으며, 헐벗고 병들었을 때 돌보아 주었는지를 물으실 것이다. 그 마지막 날에 주님은 가장 비참한 사람들이 바로 당신임을 우리에게 밝히시겠다고 말씀하셨다. 눈물을 흘리며 힘들게 살아가는 많은 이들은 그날에 특별 대우를 받으실 것이다. 단 그가 그분의 사랑을 받을 만하다면 말이다.

2020. 12. 16. (수)

닭 체온은 41.7도이다. 닭이 알을 품을 때 알이 부화가 되려면 37.5도를 계속 유지해야 한다. 암탉이 알을 품을 때 꼼짝하지 않고 앉아 있다. 추위든 더위든 관계치 않는다. 나는 요즈음 큰 닭들을 팔에 안아주는 재미를 느꼈다. 엄청 살이 찐 토종 암탉은 정말 귀엽다. 내가 이놈을 번쩍 잡았더니 푸드덕거리다 손으로 쓰다듬어 주니 가만히 있다. 기온이 영하 5도로 내려갔는데, 이 녀석을 안고 있으니 난로를 안고 있는 것처럼 추위가 싹 가셨다. 건강한 닭들은 이렇게 몸이 뜨겁다. 몸이 찬 닭은 병이 난 닭들이다.

세상에 태어난 얼마나 많은 닭들이 기준에 미달하는 열악한 환경에서 살다가 인간들을 위해 알을 낳아주고 자신의 몸을 주고 사라지는가? 그 고마움을 생각하면 그들이 사는 동안에 환경만이라도 좋게 해주는 것이 닭에 대한 도리인 것 같다. 그런 점에서 우리 집의 청계들은 귀하신 몸처럼 좋은 환경에서 사랑받으며 살아간다. 헤르만 수녀님과 다니엘 수녀님은 덤불 같은 것들을 새로 닭장에 넣어주고 먼저 깔았던 것은 닭똥과 함께 걷어다가 밭에 쓴다. 그러면 닭들은 아주 좋아서 덤불을 파헤치며 먹을 것을 찾느라 분주하다. 그 모양을 바라보는 것은 매우 흐뭇한 광경이다.

성탄, 한 해의 마무리

2020. 12. 19. (토)

성탄이 곧 다가온다. 어느 때보다도 썰렁한 대림 시기이다. 코로나19의 부정적인 여파로 성당에 가더라도 미사 시간에 성가를 부를 수가 없다. 자연히 나는 과거의 성탄을 기다리던 때를 회상하게 되었다.

매일 오후 한 시간씩 성가 연습을 하던 수련자 시절이 참 좋았다는 생각이 든다. 그때는 나는 목소리가 좋아 소프라노 솔로를 하며 하느님께 찬미를 드릴 수 있었고 자기 목소리에 자신이 도취되어 흥분한 적도 있었다. 마치 내가 성악가가 된 것 같은 착각을 하기도 했다. 성탄 자정 미사 때에는 그렇게 줄기차게 연습한 성가를 온 힘을 다해 열정적으로 노래하고 아기 예수님이 탄생하심을 기뻐하며 흥겨워했었다. 이제는 세상이 두려움과 공포로 가라앉아 있다. 이제 바닥까지 내려갔으니 머지않아 다시 올라가리라 기대해 본다. 하루 벌어 하루를 살아가는 가난한 이들의 삶이 염려된다. 지금 코로나19 하루 확진자가 매일 천 명이 넘으니 거리두기 3단계가 언제 닥칠지 몰라 걱정이다. 지난 부활절 같은 일이 일어나지 않기를 간절히 기도한다. 다시 성당에서 성가 소리가 울려 퍼지고 사람들은 서로서로 손잡고 얼싸안고 살아갈 수 있기를 바란다.

2020. 12. 20. (일)

오늘 성경 말씀은 마리아가 천사에게 "보십시오, 저는 주님의 종입니다. 말씀하신 대로 저에게 이루어지기를 바랍니다." (루가 1, 38) 하는 성모님의 응답이 나온다. 진동 성당 신부님이 쓴 글에, 만해(萬海) 한용운 시인의 '복종'이라는 시를 인용한 것에 나는 감동했다.

> 남들은 자유를 사랑한다지마는 나는 복종을 좋아하야요
> 자유를 모르는 것은 아니지만 신에게는 복종만 하고 싶어요
> 복종하고 싶은 데 복종하는 것은 아름다운 자유보다도 달금합니다 그것이 나의 행복입니다

이 시가 이른 아침부터 내 마음을 사로잡았다. 진정 신적 구도를 향해 열린 마음으로 살아가는 사람에게는 임께 대한 복종이 달콤한 행복이 된다는 사실이 감동으로 다가오는 까닭이다. 실제로 누구에게도 기쁜 마음으로 복종해 보지 않은 사람이 참된 자유를 알기도 힘들 것이다.

2020. 12. 22. (화)

나는 사춘기 때 늘 생각이 많고 인간이 왜 살아야 하는지? 죽으면 어떻게 되는지? 내가 이렇게 살다가 죽어 없어지고, 세상에 왔다가 사라지고 말아야 하는 것을 생각하면 인생이 허무했다. 그때부터 많은 독서를 했던 것 같다.

해가 질 무렵이 되면 길에 지나다니는 모든 사람에 대해 생각하고 '저 사람은 왜 저렇게 가난한가?', '저 사람은 왜 좋은 가정에서 태어났는가?', '저 사람은 왜 저렇게 못생겼을까?', '저 사람의 가정은 왜 저렇게 불행할까?' 온갖 생각들로 머릿속이 분주했다.

죽음에 대한 계속되는 생각은 수도 생활을 택하게 되는 결과를 낳았다. 기왕에 죽어 사라질 인생이라면 무언가 보람 있는 일을 하고 살다가 죽는 것이 덜 억울할 것 같았다. 필리핀에 있을 때는 종이에 '해골' 모양을 그려 놓고 침대 머리맡에 올려 두었다. 무엇인가 하고 싶다는 지나친 의욕이 일어나면 '어차피 죽을 것인데' 하는 생각을 떠올린다. 그러면 유한한 인생에 이것저

것 집착할 것이 무엇이겠는가 하는 생각이 떠오르면서 의욕이 사라진다. 그만큼 죽음은 나의 사고에 많은 영향을 미쳤지만, 사실 내가 달라진 것이 크게 없는 것 같다. 어떻게 생각하면 다소 부정적인 영성인 것 같지만, 그렇게 해서라도 좀 잘살아 보고 싶었다. 그런데 수도회의 행정팀에서 일을 오랫동안 하게 되면서 나는 원래 활발한 기질대로 긍정적이고 적극적으로 바뀐 것 같다.

어쩌면 지금이 '죽음'을 친구처럼 가까이하고 살아야 할 때가 아닌가 생각한다. 그 생각마저 타성에 젖으면, 구제할 방도가 없다. 그냥 그분께 의탁하고 인생을 기쁘게 자유로이 사는 것이야말로 인생을 제대로 사는 것이지 싶다.

2020. 12. 24. (목)

성탄 밤 미사를 TV 영상으로 집에서 드렸다. 코로나19 문제가 심각해지면서 5인 이상 대면할 수 없도록 정부에서 강력히 권고하고 있다. 모두를 위하여 지킬 것은 지켜야 하겠다. 미사 참례 후 간단히 우리끼리 성탄 축제를 지내는 기분으로 파티를 하였다. 우리는 언제나 모이기만 하면 화기애애하다. 너무 즐거워 빨리 자리에서 일어나기가 힘들다. 아무리 즐거워도 벌써 밤 10시가 넘었으니 꿈나라로 가야 한다.

하느님이 아기로 탄생하신 거룩한 신비! 어찌 이처럼 낮추실 수가 있을까!

인간을 극진히 사랑하신 하느님의 사랑, 아기 예수님의 탄생하실 곳을 누추한 마구간으로 택하신 그 깊고도 거룩한 신비를 어찌 다 표현할 수가 있겠는가?

자기 자녀에게 온갖 좋은 것만 주고자 하는 인간들과는 정반대의 것을 택하시는 하느님의 자비를 어떻게 해야 조금이라도 알아들을 수가 있겠는가?

머리로 아는 것이 아닌 가슴으로 알고, 그 사랑의 백분의 일이라도 실천하라고, 하느님께서 손수 인간들에게 직접 가르치신 것이 아니신가? 그런데 우리는 이 거룩한 밤을 마음껏 기뻐하지도 못하고 지나고 마는구나….

2020. 12. 25. (금)

우리는 미사를 가지 못하는 대신에 성무일도와 공소예절을 함께 바친 후 감실의 성체를 모셨다. 식사 전에 나는 성탄 성가를 부르고 주님께 탄생의 축하 춤을 추었다. 이런 기쁨은 그분께서 나에게 주시지 않으면 할 수 없다. 내가 하고 싶다고 해서 되는 것이 아니다.

닭장에서는 제2의 콘서트를 열었다. 나는 먼저 닭들에게 우리 주님 탄생의 기쁨을 알렸다. 그리고 먼저 닭들이 이해할 수 있도록 닭들의 언어를 사용하여 노래를 했다. 알을 낳기 위해 자리를 찾던 두 마리의 암탉이 나보다 더 높은 소리로 꼬꼬댁을 외쳤다.

꼭 내 노래 소리에 반주를 넣는 것처럼 소리를 질렀다. 나도 그들의 떠드는 소리는 아랑곳하지 않고 높은 소프라노 음으로 노래를 부르며, 가곡도 몇 곡 불렀다. 오늘 주님께서는 오랜만에 내 목소리를 전처럼 깨끗하게 잠시 허용하셔서 성악가가 된 기분이었다. 누가 뭐라고 하겠는가? 비록 닭들 앞에서 부르는 노래이지만, 이 기쁜 날의 나의 찬가를!!!

2020. 12. 26. (토)

우리 헤르만 수녀님의 숙원(宿願)이던 간편 야외 화장실이 개통되었다. 새로 만들려면 아무래도 돈이 많이 들 것 같아 그동안 망설여 왔던 것이다. 그런데 거제 본당의 전 회장님이신 바오로 형제님이 선뜻 기증을 하셔서 기술자가 거의 집에서 맞춤으로 만들어 회장님과 함께 오셨다. 바오로 형제님은 이분과 도우미 한 분을 데리고 오셔서 하루만에 외부 화장실의 집을 간단히 지어주고 가셨다. 그래서 수녀님들은 집에 있던 변기를 찾아서 드디어 완성을 하였다. 초간단형 변기이다. 뚜껑이 있는 변기로 플라스틱 통을 사용하고 매일 뺐다 넣었다 하면서 왕겨를 사용하면 위생적이고 깨끗하게 이용할 수가 있도록 하였다.

우리는 식사 시간에 외부 화장실 이용에 대해 화제가 만발하였다. 그런데 나는 아직도 너도나도 함께 변을 보는 것에 자신이 없었다. 게다가 나는 새벽에 화장실에 가는 유형이라 캄캄하고 추운 시간에 밖에 나가는 것이 구미가 당기지 않았다. 그런데 오늘 잠자리에서 일어나자마자 오랜만에 급하게 볼일을 보러 화장실에 갔다. 화장실에 다녀온 지가 사흘이 지났는데, 쾌속으로 볼일을 마치고 보니 '대박'이다. 양질의 물건을 생산한 것이다.

변기의 물을 내리는데 너무 아깝다. 내가 생산한 것 중에 가장 좋은 물건이 나왔는데, 이 판에 그냥 물에 떠내려 보내다니 얼마나 아깝던지. 아아, 나도 이젠 나 자신도 모르게 완전히 촌농부공동체의 완벽한 일원이 되었구나. 아마 다음에 낮에 볼일이 보고 싶으면 나도 밖에서 생산에 참여할 수 있을 것 같다.

2020. 12. 27. (일)

진동이는 매일 달리기를 수없이 많이 하기 때문에 탄탄한 체력에 늘씬하고 근육질이다. 추운 겨울이라 진동이를 위하여 바닥에 깔아주었던 담요는 이제 진동이의 장난감이 되어 매일 담요를 물어뜯어서 담요의 실이 올올이 풀리고 너덜너덜하게 되었다.

우리는 더 이상 진동이의 잠자리를 걱정하지 않는다. 그러나 그 언덕 위의 개집에서 떨면서 잠을 잘 진동이를 생각하면 아침저녁으로 마음이 편하지만은 않다. 미미는 털이 길고 많아서 훨씬 덜 추울 테지만, 방석에다가 담요까지 깔아주고 집도 좋은데, 진동이는 여러모로 열악한 환경에서 산다. 그런데 가만히 생각해보면 진동이는 오랫동안 건강할 것 같다. 완전히 단련된 삶을 살고 있는 것이다. 지금 보면 '동이'는 미끈하게 잘생긴 데다가 제법 우아해졌다. 미미는 수술 후 약을 먹일 때마다 통조림에 섞어 먹였기에 살이 많이 쪘다. 그래서 귀엽기는 해도 뚱보가 되었다.

어떻게 보면 좋은 것이 좋은 것이 아니고 나쁜 것이 나쁜 것만은 아니다. 어떻게 적응을 하고 생각을 어떻게 하면서 살아가는가에 이럴 수도 있고 저럴 수도 있다는 것이다. 우리는 자기가 살아가는 환경에서 나날이 시간 시간을 내가 즐거움과 기쁨의 마음으로 감사와 사랑을 가지고 긍정적으로 살아갈 때 그것이 행복이요 보람일 것이다.

2020. 12. 29. (화)

나는 닭들을 예뻐하고 사랑하는 편이지만 유독 나에게 가까이 와서 안기는 닭을 어느 사이엔가 더 귀여워하게 되었다. 인물이 더 잘난 것은 아니지만, 내가 닭장 안에 들어가면 슬그머니 곁에 와서 붙잡아도 도망가지 않는다. 팔에 앉고 쓰다듬어 주면 팔에 마음 놓고 기대는 것이 여간 사랑스럽지 않다. 대부분의 닭들은 주인을 따라다니지만, 잡히는 것만은 허용치 않는다.

우리가 하느님을 특별히 만나면 그분과의 특별한 관계가 이루어진다. 참으로 인간이 하느님을 위해 특별한 무엇을 해드릴 일이란 없다. 그러나 그분을 위해서보다도 자신을 위해서 무엇을 해야 할 필요가 평생토록 있다. 그것은 기도의 이름으로 그분을 만남이지만, 늘 그분을 만나기 위하여 그분께 가까이 다가가야 하는 것이다. 그분의 현존 안에 머물러야 한다. 그러면 주님께서 세상 끝날까지 함께 계실 것이다. 이 험난한 세상에 살아가면서 결코 불안하거나 두려워하지 않고 살아가는 유일한 길이다. 돈과 명성과 권력이 많아도 유한한 인간은 늘 평화가 없이 두려워하며 살아간다.

모든 것을 그분께 의탁하고 기대는 것이야말로, 가장 단순하고 소박하며 특별한 대가 없이 가장 부유하고 든든한 신의 보호에 기대는 것이야말로, 지고한 가치가 있는 가장 신비한 길이다.

2020. 12. 30. (수)

진동 요셉의 집으로 소임을 온 날이 올 2월 12일이었다. 수도회 입회 후 처음으로 조용한 시골 바다를 끼고 산도 있는 이곳으로 소임을 왔다. 아무런 책임 없이 나름대로 내가 할 수 있는 일을 하게 되어 정신적으로 홀가분하게 지낼 수 있음이 축복이라고 할 수 있다.

오늘부터 내일까지 이 해를 마지막으로 보내며 연말 피정을 한다. 아무리 조용한 곳에서 지낸다고 하여도 사람 사는 곳이니, 드나드는 사람이 소소하니 많은 편이다. 그 표현은 그래서 주님께 잠심하고 깊이 기도할 수 없었음을 변명하는 것이다. 그러나 이것은 어떻든 누군가에게 책임을 전가하여 약간의 가책을 벗어나려는 것에 불과하다.

몸의 위치에 상관없이 부엌에서 음식을 하면서, 닭장 안에서 닭을 시중들면서, 청소하면서 얼마든지 그분의 현존 안에 머무르며 충만한 삶을 영위할 수 있는 것이다. 장소, 책임 운운하는 것은 아직 나의 영성 생활의 탄탄함이 멀었다는 소리에 불과하다. 그런데 분명한 것도 있다는 것은 지금은 밤이 깊도록 기도할 수가 없다는 것이다. 밤 9시 40분이 되면 영락없이 하품이 쏟아지니 잠자리에 들어야 한다. 수도 생활이 얼마나 좋은지 이럴 때 생각한다. 잠자는 데 방해를 아무에게도 받지 않는다는 것이다. 책임이 클 때는 수면 중에도 가끔 전화가 오고는 했다. 수녀님들이 위독하다거나 사고가 났을 때이다. 지금은 아무도 자고 있는 나를 깨우지 않는다.

이곳 생태 공동체로 소임을 오게 된 것은 나로서는 너무나 감사한 일이다. 오래오래 이곳에서 살고 싶다. 너무 좋아하면 하느님께서 마음이 변하셔서 나를 다른 곳으로 옮기시려나? 좋아하는 '티'를 내지 말아야지. 그러나 그분이 누구신가? 마음속 생각까지 알고 계실 뿐만 아니라, 내 골수까지 꿰뚫어 보시는 분이 아니시던가?

"당신 뜻대로 하소서. 그러나 당신 뜻대로 말고, 제 뜻대로 하소서."라고 말해야 할까?

맙소사!!! 나는 소임에 대한 어떤 말도 총장님 앞에서 하지 않는다.

2020. 12. 31. (목)

2020년 마지막 란을 채운다. 이 날은 몇 시간 후 영원히 가버리고 되돌아오지 않을 것이다. 그렇게 생각하면 순간이 아쉬움으로 남는다. 나는 매년 12월 마지막 날을 못내 아쉬워하며 보냈다. 그리고 31일 밤에는 잠들지 못하고 밤을 지새우면서 자정을 기다리다가 끝내는 보신각 종소리를 들으며 샴페인을 터뜨리고 만세를 부르며 새해를 맞이하는 감동을 생생히 느끼다가 아침을 맞이한 적도 젊은 시절에는 있었다.

1년 동안 나의 삶을 성찰해 본다. 아무래도 느슨한 나의 기도 생활에는 문제가 있는 것 같다. 수도 생활은 죽기 전까지 열정적으로 살아가고 눈감기 전까지 항구하게 기도해야 한다. 내가 정해진 시간대로 일어나서 기도하고 묵상하고 미사를 가고 하는 것에는 1년 내내 변함이 없다. 아무래도 나에게는 바리사이적인 기질이 있는 것 같다. 그래서 자유 기상 날에도 대부분 나는 일찍 일어난다. 이런 면에서는 수도 생활이 내 체질에 꼭 맞는 것 같다. 그러나 내적 자세가 좀 문제일 것 같다. 묵상 기도 때 온전히 잠심하지 못하는 것, 이 점이 매우 아쉽다. 어쩌면 눈을 감을 때까지 이렇게 할지도 모른다는 생각이 든다.

어느 미국 뇌 박사가 뇌출혈 후 회복되어 쓴 책을 읽었는데, 뇌의 재잘거림이 없으면 뇌에 큰 문제가 생긴 것이라고 말했다. 뇌는 잠시도 쉬지 않고 생각을 하기 때문이다. 연중 피정 때나 깊은 잠심이 가능한 내 뇌는 아주 건강하다는 표일 것이라는 생각이 든다. 그러나 기도할 때만이라도 내 모든 생각의 스위치를 끄고 깊은 잠심에 잠긴다면 하느님의 현존 체험을 충만하게 하고 그분과 일치되는 심오한 영적 기쁨을 누릴 수 있을 것이다. 그렇다. 훈련, 훈련, 도전, 도전이다. 그러다가 그분께서 손을 내밀어 끌어 올려주시면 내 노년기에 당신으로 말미암아 행복하리라. 그리 아니 된다고 큰일이 나는 것도 아니니, 나는 그냥 내 받은 대로 살리라. 나의 주 하느님을 매일 찬미하며, 그분께 감사하며, 큰 욕심을 내면 불행해지리라. 작게, 미흡하게, 가난하게 살으리라. 이 청산에서!!!

새해가 오다

2021. 1. 2. (토)

자유 기상 날이다. 이곳은 토요일은 대축일이나 특별한 날이 아닌 경우에는 자유로이 아침에 일어날 수 있다. 늘 같은 시간에 잠을 깨고 기도와 묵상을 하는 우리도 늦잠을 충분히 자고 일어나서 아침 식사도 알아서 한다는 것은 은근히 기대하는 날이다. 그래도 식사 때 보면 모두 함께 모이게 된다.

오늘은 나에게 '대박'인 날이다. 비료를 만들기 위해 이번 겨울에 만든 야외 화장실에서 처음으로 '큰 것'을 볼 셈이다. 이른 새벽 아무도 오지 않는 시간, 나는 간편 야외 화장실에서 문을 열어놓은 채로 볼일을 보았다. 산천이 보이는 멋진 풍경에 호올로 앉아서 비록 짧은 시간이기는 하지만 일을 끝내고 그 위에 왕겨를 부은 다음 감쪽같이 일을 마쳤다. 이쯤 되면 집안의 수세식보다도 더 간단하고 깨끗한 것이 아닌가! 나는 너무 간단해서 뭔가 빠진 것 같아, 똥 누고 자칫 '성호경'을 그을 뻔했다. 어흠, 이렇게 자랑스러울 수가 있을까? 매우 기분이 좋아진 나는 헤르만 수녀님에게 이 이야기를 했더니 나더러 '축하'한다고 한다.

그 바람에 아침 식사 시간에 신성한 똥 이야기가 주류를 이뤘다. 왜 우리는 우리 몸 안에서 이뤄지는 대단히 중대한 대장의 역할을 은근 부끄러워하고 이런 대화를 금기시하는가? 이야기의 주제에 '방귀', '똥'이 들어가면 그 장소에는 웬만하면 웃음꽃이 피지 않을 수가 없다. 고상한 장소에서는 아무도 이런 이야기를 하지 않는다. 이것은 교양이 없는 행위이니까. 그런데 가족끼리 이 주제의 이야기를 해보라. 시간 가는 줄 모르고 재미있다. 단, 누군가 아직 식사 중이면 곤란하다. 시시한 화제이지만 살아 있는 모든 동물에게 싸고 누는 것은 매우 중요한 이야기이다.

2021. 1. 3. (일)

'주님 공현 대축일'이다. 게다가 주일인데도 미사가 없다. 우리는 아침에 성무일도와 공소예절을 함께 바치고 쪼개고 쪼갠 성체를 나누어서 받아 모시면서도 그것이 너무 감사하고 황송했다.

나는 '성령'에 대한 깊은 체험을 여러 번 하였다. 그중 한 번은 새로 소임을 간 성당에서 주일학교 교사들이 나에게 저녁 식사를 함께 하자고 청하였을 때의 일이다. 원장 수녀님께 허락을 받고 나갔는데, 저녁 자리가 밤 11시가 넘어서야 끝이 났다. 당시는 휴대폰도 사용하지 않을 때라 내가 주임 수녀님에게 연락할 방법이 없었다. 게다가 나는 밤 사목을 주로 하는 미국에서 살다가 와서 귀가 시간에 대한 인식이 없는 상태였다.

나는 별 생각 없이 대문을 열고 들어왔다. 방안에서 화가 난 수녀님의 호통 소리가 튀어나왔다. 나는 잠시 기분이 몹시 상했다. 내일 아침 훈계를 하든지 야단을 치든지 하면 될 텐데, 어쨌든 나는 기분이 상해서 기도를 한 후 “주님 말씀하소서 당신 종이 듣나이다.” 하고 성경을 펼쳤다. 나는 하느님으로부터 이해를 받고 싶었다. 그런데 ‘권위에 순종하라.’는 말씀을 펼쳤다. 나는 하느님께 한 방 맞은 듯했다. 하느님께 위로를 받고 싶었는데 꼼짝없이 나는 승복하고 말았다. 그래서 기도한 후 그냥 잠을 잤다. 다음 날 아침, 마치 내가 하느님께 야단을 맞은 것을 아시는 듯한 원장 수녀님으로부터는 아무런 질책도 받지 않았고, 나도 변명 같은 것을 하지 않았다. 그때 나는 성령께서는 필요할 때 나를 인도하신다는 것을 신뢰하게 되었다.

2021. 1. 4. (월)

우리 닭들은 이제 제법 자라서 안정권에 들어왔으나 가끔 한 마리씩 죽기도 한다. 요즈음은 알을 열대여섯 개씩 낳는데 지난번에는 스물세 개까지 낳았다. 그래서 요즈음은 대축일과 주일에는 비교적 순탄하게 청계란을 먹을 수 있는 행운이 우리에게 왔다. 우리만 먹는 것이 아니라, 이 집을 찾는 분들에게도 우리가 먹을 때는 함께 먹기 때문에 그리 넉넉한 편이 아니다. 그래서 알을 먹을 때 더 즐겁고 보람된 것 같다.

나는 닭장에서 알을 낳기 위해 단지나 빈 통에 들어가 있는 녀석들에게 눈을 맞추어 주며 부드럽게 어루어 준다. "그래그래 어이구 착하지, 오냐, 알 잘 낳구, 알았다. 너구나, 그렇지." 그러면 이 녀석들이 조용히 나를 쳐다본다.

어떤 놈들은 알 낳을 자리를 찾느라 시끄럽게 오두방정을 떨며 알 낳을 자리를 살핀다. 전에는 그러면 내가 "방정맞기는 자리가 많잖아, 아무 데서나 낳아!" 이렇게 잔소리를 했지만, 지금은 "그렇지, 어이구 장하지, 그래그래 알았어, 적당한 데서 알 낳거라. 이쁘지." 그렇게 응원을 해준다. 온 닭들에게 칭찬과 응원과 축복의 말을 해주면 나 자신이 무척 뿌듯한 마음이 든다. 하느님이 보시기에 우리 인간들을 보실 때 이렇게 사랑스럽지 않을까!

2021. 1. 6. (수)

좀처럼 기온이 떨어지지 않는다는 진동도 요즈음은 연일 영하로 내려가고 있다. 이렇게 날씨가 추워서 닭들이 병이 나지 않을까 은근히 염려되지만, 내 생각보다 닭들은 건강하다. 장마 때 매일

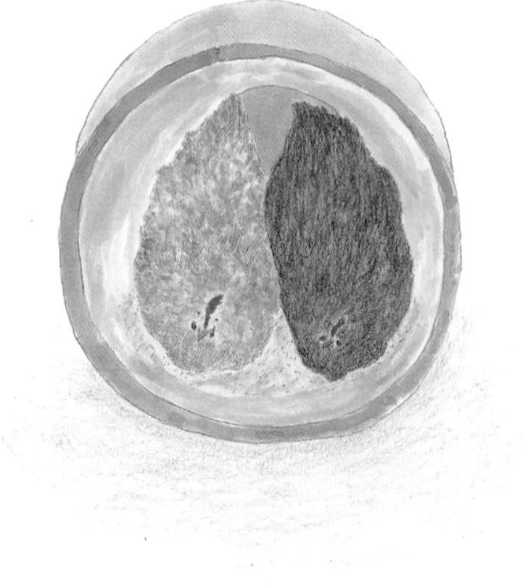

죽던 어린 닭들이 없어서 그런지 비교적 추위에는 강한 것 같다.

언덕에는 풀도 없고 나무는 벌거벗고 초연히 서 있다. 내년 봄에 찬란한 꽃을 피울 준비를 하느라 희망을 품고 기다리고 있으리라. 나무는 이렇게 한겨울에도 눈비를 고스란히 맞으며, 바람에도 온몸을 드러낸 채 말없이 거부하는 몸짓도 하지 않은 채 이 겨울을 보낸다. 주인이 자기의 몸을 잘라내면 잘린 채, 때로는 난로에 쓸 연료로, 때로는 파쇄된 채로 밭으로 운반된다. 그냥 나무로의 사명으로 땅 위에 서 있는 것 자체만으로도 영광된 생명이다. 땅의 주인은 나무 손질을 거듭하기 때문에, 그들은 어쩌면 두려움에 떨지도 모른다.

마치 인간의 영혼을 닦기 위해서 하느님의 섭리가 우리를 단련시키듯이, 우리의 정신과 육신이 싫다고 거부해도 어쩔 수 없이 받아들여야 하듯이, 우리도 나무처럼 오롯이 내가 겪게 되는 닦임에 나를 겸손하게 내어놓아야 할 것 같다.

2021. 1. 8. (금)

영하 12도, 진동면 날씨가 이 정도면 올해 들어 최저로 떨어진 기온이다. 너무 기온이 떨어지므로 진동이의 잠자리에 가타리나 수녀님이 어제 담요 한 장을 더 넣어주고, 먼저 떨어진 담요도 덤으로 하나 더 넣어주었다. 아침에 보니 그래도 진동이는 덜덜 떨고 있다. 나는 진동이가 가엾어서 쓰담쓰담해 주고 사료를 주었다. 닭장 안에는 물이고 닭똥이고 모든 것이 얼어있다. 큰 닭들도 추워서 한곳에 모여 앉아 있다. 가장 막내가 추워서 큰 닭 옆으로 다가가면, 다가간 것만큼 큰 닭은 옆으로 이동한다. 따라가서 앉으면, 큰 닭은 계속 피한다. 나는 막내가 가엾어서 안아주고 싶었지만, 이 녀석은 나에게 가까이 오지 않는다. 짐승도 감정이 있다는 것을 알았다. 이 추운 날씨에 서로 붙어 있으면 따뜻하고 좋을 텐데, '싫은 것은, 싫은 것이다'가 성립이 되는 것이다. 인간은 싫어도 이성적으로 생각해서 싫어도 함께 살고, 타자 지향적으로 살려고 노력하며 성화시키지만, 짐승들은 생리적으로 감정적으로 물리적으로 대항하는 것 같다.

인간이 그렇게 한다면, 닭이나 마찬가지리라. 적어도 닭처럼 되어서는 안 될 것이다. 게다가 수도자는 싫어하는 것을 더 찾아서 해야 하고, 좋아하는 것은 뒤로 미루고, 맛있는 음식을 탐하지 말고 금욕주의적으로 산다면 더 성화될 수 있다. 인간적으로 좋아하는 것에 머무르면, 성덕에 나아가기가 힘들다.

내 경험상 '하고 싶은 일은 될 수 있으면 하지 않고, 하기 싫은 일은 가능한 한 한다면', 자기 자신에게 '해냈다'는 뿌듯함을 느끼면서 '내공'이 생기고 내적 기쁨을 맛볼 수 있다. 이런 '선행'이 쌓여서 '덕'이 되는 것이다. 하룻밤 사이에 두꺼운 얼음이 얼 수 있는 것이 아니듯이 우리 영혼의 성장도, 세월이 흐르는 연륜 속에 삶의 신고가 숙성되어, 내면이 윤택하여 가는 것이다.

청소와 정리

2021. 1. 9. (토)

일주일에 한 번 있는 자유 기상의 날이다. 아침 기온은 영하 13도이다. 식사 준비를 하러 오는 수녀님을 위해 앞문도 열어놓아야 한다. 식방 공기도 낮을 것이다. 그래서 빨리 아래층으로 내려가서 문을 열고 식사 준비부터 해서 달걀을 불에 올려놓고 떡도 프라이팬에 구웠다. 그리고 식방 화목 난로에 불을 붙였다. 식방 기온이 0도이다. 마이너스는 아니지만, 그 수준이니 모두가 모여서 떨게 생겼다. 한 아름의 나무를 난로에 넣으니 활활 불이 붙는다.

설거지하는 수녀님을 보고, 한 수녀님이 모 수녀님 덕분에 우리 집이 돌아간다고 칭찬을 한다. 그래서 아침마다 일찍 일어나는 내가 아침에 일어나서 식사 준비와 난로에 불을 땐 이야기를 해서 칭찬을 하도록 유도하는 말을 했다. 그리고 조금 후, 속으로 후회를 했다. 남이 알아주지 않아도 그분이 아시면 되었지, 남에게 인정을 받으려고 자기 입으로 발설을 하다니 그것이 너무 부끄러웠다. 나는 표현을 잘하는 편이라 이렇게 자신이 손해 보는 말을 자주 한다. 그래서 3층으로 올라와서 자신에게 보속을 하도록 3층 대청소를 구석구석 하였다. 그제야 마음이 편해졌다.

예수님께서는, 우리가 선행할 때, 오른손이 하는 일을 왼손도 모르게 하라고 하셨는데, 나는 공동체에 자기가 한 일을 나팔을 불어서 문제다. 수양이 덜 되어서 그런 것 같다. 그래서 침묵보다 더 나은 덕행은 없는 것 같다. 수다를 떨다 보면 공동체의 분위기를 돋우는 재미는 있지만, 실수하기가 쉽다. 그것도 개성인가?

2021. 1. 11. (월)

오늘 서랍 정리를 하다가 1995년부터 기록한 영적 일기 노트 한 권을 발견했다. 그동안 내 삶을 적어 두었던 노트들은 모두 없애고, 단 한 권만 보관하고 있었는데, 이제는 이것도 태워 버리기로 하고 난로의 불쏘시개로 쓸 것이다. 25년 동안 기록한 것이라 다소 아쉬움이 있지만 닭장 일기 하나만 남겨도 좋을 듯하다. 모든 것은 사라지고 떠나고 하는데 무엇을 남긴다는 것이 마음에 걸린다. 닭장 일기는 그냥 닭 이야기를 쓰려고 시작한 것인데, 하다가 보니 나에 대한 탄로가 나는 것을 나도 모르게 올리다니, 시작이 잘못된 것인지도 모르겠다. 그러나 분명한 것은 자신의 삶을 성찰하게 되니 안 쓰는 것보다는 자신에게 유익하다는 것이다.

'영적 일기'에는 삶의 애로 사항과 정신적인 아픔과 성장, 주님을 향한 깊은 사랑의 열렬한 신비체험 등이 기록되어 있었다.

'아듀! 나의 영적 일기여!'

2021. 1. 15. (금)

가을 무렵 매일 닭을 풀밭에 풀어놓아 마음껏 풀을 뜯어 먹을 수 있도록 자유를 줄 때 보다 닭들은 살이 빠지고 날씬해졌다. 닭들도 추위를 견디는 것이 어려운 듯하다. 너무 살이 쪄서 뒤뚱거리며 걷던 귀여운 녀석들이 눈에 띄게 홀쭉해졌다. 그러다가 오늘 처음으로 닭장 물이 얼지 않아 물을 끓여 가지 않아도 되었다. 작년 5월부터 우리 암탉들이 부화시킨 병아리들이 다 커서 그들이 알을 낳으니 요즈음은 알을 평균 열다섯 개 이상 낳는다.

알을 낳는 닭들을 보면 내 마음이 뿌듯하다. 어서 날씨가 풀어지고 닭들이 조류독감의 위기에서 벗어나면, 이 녀석들을 푸른 풀밭에서 마음껏 뛰어놀도록 풀어 주리라. 그 대신 우리 수녀님들이 닭장에 깔아주었던 덤불을 걷어내고, 오늘 다시 새 덤불을 넣어 주었더니 닭들은 좋아라, 그 덤불을 발로 헤쳐서 고르게 펴

놓았다. 살아 있는 모든 것에게는 환경이 매우 중요하다.

2021. 1. 16. (토)

어젯밤 헤르만 수녀님과 가타리나 수녀님은 수탉 다섯 마리를 자루에 넣어 왔다. 한참 수탉들이 자라서 닭장 안이 요란스런 때이다. 그래도 한 마리쯤은 그냥 두기로 했는데 헤르만 수녀님이 다 잡아 온 것이다. 물론 아직 격리하지 않은 청계 수탉은 많다. 이상하게 나는 기분이 우울했다. 게다가 아침 묵상 시간이면 수탉들이 새벽을 깨우는 소리가 우렁찬데, 오늘 아침에는 고요했다. 닭장 안의 닭들이 충격을 받았는가 싶다. 총원에 세 마리를 드리고, 한 마리는 우리 공동체를 위해 자주 봉사해 주시는 바오로 회장님 사모님이 병원에서 퇴원하셨기에 드리기로 하고, 한 마리는 손님이 오시는 월요일에 닭개장을 해 먹기로 했다. 이렇게 알과 닭은 우리에게 요긴하게 쓰이는 고마운 동물이다.

오늘도 역시 닭의 목은 실장님이 따고, 수녀님들이 털을 뽑고 닭을 잡았다. 부엌이 온통 닭 비린내로 가득하다. 나는 점심 식사 때 식욕이 싹 달아나서 식사를 간단히 하고 고구마와 떡가래를 먹었다. 오후에도 속이 불편했다.

나는 닭들을 위로하러 닭장엘 갔는데, 생각보다는 닭장의 분위기가 나쁘지는 않았다. 나를 따르는 흰색 암탉은 어김없이 쪼르르 나에게 와서, 내 팔에 안겼다.

닭을 키우면 달걀도 얻어야 하고 닭고기도 먹기 위하여 키운다. 그런데 닭을 잡는 것이 소화가 안 될 정도로 속이 불편하다면, 아직도 나에게 문제가 있는 것이다. 내 생각은 가끔 한두 마리를 잡는 것은 괜찮지만, 이렇게 한꺼번에 닭장이 썰렁하도록 닭을 없앤다는 것은, 매우 섭섭한 일이다. 총원에는 식구가 많으니 여러 마리가 필요하다고 이해는 하지만 한꺼번에 다섯 마리를 잡는 것에는, 마음이 편치 않다. 내 생각이 그리 중요한 것도 아니다. 어차피, 다섯 마리의 닭들은 거룩한 우리 수녀님들의 먹이가 되고, 열심한 바오로 형제님 가족과 육화할 것이다. 뭐 더 이상의 욕심을 부리는가!

2021. 1. 17. (일)

오늘 200회의 글을 쓰면서 감회가 새롭다. 뭘 쓸까 쉽지 않았는데, 어느덧 200회를 맞이하니, 글을 쓰도록 힘을 합해 주며 격려해 주신 분들의 덕택인 것 같다. 그리고 이곳의 신선하고 맑고 깨끗한 공기는 나의 상상력을 이리저리 활발하게 오가도록 재촉한다. 그저 아무런 부담 없이 이렇게 자기표현을 할 수 있다는 것에 하느님께 감사드린다. 그분께서 허락을 해주셔야 내가 단 한 줄의 글도 사실은 쓸 수가 있으니, 이 얼마나 생각해보면 감동적인가? 하느님의 도우심이 없다면 내가 무슨 일을 할 수 있겠는가?

아침에 잠 깨어서 기도하고 밥 먹고 일하고 하루를 움직이는 것이, 과연 사소한 일인가? 아니다. 이것은 지구를 들어 올리는 것처럼 쉽지 않은 일이다. 내가 아무리 무엇을 하고 싶다고 하더라도 어느 날 그분께서 더 허락하지 않으면 아무 일도 할 수 없으니, 무엇이든 한다는 것은, 정말 대단한 은총이다.

매일 아침과 오후 무렵 닭장으로 올라갈 때 나는 소녀처럼 상쾌함과 장난기가 동하며 행복감에 젖는다. 그리고 닭장 안에 닭들은 나에게 정겹게 꼬꼬댁거린다. 이놈들이 얼마나 귀엽고 사랑스러운지 모른다. 나를 지독히 따르는 흰 놈은 내가 날씨를 검색하느라 저를 쳐다보지 않았더니, 내 머리 위로 올라갔다. 그래서 이 녀석을 붙잡아서 "이런 버릇 없는 녀석아, 어디 수녀님 머리 위에 앉느냐, 다시는 그러지 말아라." 하고 훈계한 다음 안아주었다. 아마 내가 이렇게 행복할 수 있는 것은 닭으로 생계를 연명하지 않아도 되기 때문일 것이다.

수도 생활이 나에게 허락한 은총이다.

2021. 1. 18. (월)

나는 홀로 있는 것도 즐기는 타입이지만, 수녀님들과 함께 공동으로 일하는 것도 즐거워하는 유형이다. 오늘 세 분의 샬트르성바오로회 수녀님들이 오셨는데, 우리 주방은 잔치가 벌어진 듯 부산했다. 그제 잡아 놓은 청계와 엄나무를 먼저 솥에 넣고 끓인 다음, 나무를 건져낸 후 닭을 넣어서 잘 익혀 살을 발라냈다. 대파와 고사리, 토란 줄기를 썰어서, 다진 마늘, 고춧가루, 굵은 소금 약간, 고추장 약간, 용수 간장을 넣어 고루 섞어서 간이 잘 어울리도록 해 둔 것을 끓는 물에 함께 넣었다. 그리고 장작불에 두어 시간 끓였다. 마지막으로 뜯어놓은 닭살을 섞어서 다시 한 번 끓여 간을 다시 맞추니, 닭개장 맛은 일품이었다. 모두 큰 사발로 한 그릇씩 잘 드셨다.

오늘 식사 준비는 엄나무 준비와 손질은 가타리나 수녀님이 하고, 장작불은 비아 수녀님이 때고, 다니엘 수녀님은 비아 수녀님과 함께 고구마와 단호박을 튀기고, 나는 닭개장에 들어갈 나물들을 썰어서 간을 했다. 그리고 전체 일이 진행되도록 진두지휘는 가타리나 수녀님이 했다. 아무리 큰일이 있어도 일을 하는데 도무지 겁이 나거나 긴장되는 일이 없다. 그럴 때마다 나는 공동생활이 얼마나 재미있는지, 수도 생활은 나의 적성에 정말 잘 맞는다는 생각을 했다. 그러나 두셋이 사는데 아주 안 맞을 때는 매우 힘든 생활이기도 하다. 수도 생활은 하느님에 대한 사랑과 기도 생활이 바탕이 되어야 하지만, 희생정신과 인내와 친절, 근면과 항상심, 배려와 적당한 긴장을 늘 필요로 하는 훈련된 생활이되, 마음을 열고 단순하고 소박하게 살면 이보다 더 멋진 삶이 별로 없다는 생각이다. 그 이유는 하느님의 현존이 함께 하시는 공동체이기 때문이다.

현대인들의 로망

2021. 1. 19. (화)

도시의 복잡한 공간에서 살아가는 현대인의 로망은 아름다운 전원생활을 하는 것이다. 젊어서 부지런히 벌어서 성취감을 이루는 생활을 한 후, 노년기에 부부가 시골로 내려와 조용히 농사짓고 살고 싶어 한다. 그러나 꿈을 이루기는 쉽지 않다. 외적으로 보이는 멋스러운 삶 뒤에는 육체적인 노고가 크게 따라오는 법이다. 적어도 땀 흘리는 노동을 즐겨 할 수 있는 부지런함과 근면함이 있어야 하고, 항구함이 필요하다. 태양이 이글거리는 여름에도, 비바람이 몰아치는 시절에도, 농사일에는 할 일이 무궁히 많다. 그렇게 애써 수고하는 농부에게 정직한 땅은 소출을 내어준다. 그러나 고라니 같은 동물과의 전쟁은 두통거리이다. 채소 종류와 콩, 파, 시금치 등의 농작물은 고라니가 입을 대지 않는 것이 별로 없다. 엊그제 잘 가꾸어 놓은 시금치를 오늘은 몽땅 베어 먹고 잎 하나 남기지 않았다. 그래서 우리 수녀님들은 고라니를 막기 위해 망을 치고 또 높인다. 그래도 고라니는 보라는 듯이 밭으로 들어온다.

우리 식방에 앉아서 식사를 하던 베로니카 수녀님이 "이 집에는 현대인이 바라는 로망이 갖추어져 있다."라고 하셨다. 추운 겨울이지만 화목 난로가 활활 타오르고 거기에 고구마를 넣어서 구워 먹고, 통유리창으로 바다의 정경을 감상하면서 수녀님들과 환담을 할 수 있다.

2021. 1. 21. (목)

오랜만에 우리 집 명품 장소에서 월 피정을 하게 되었다. 이 모임방은 모두에게 선호도가 높아서 함께 피정할 때는 동생들에게 양보한다. 이 명품 방은 산과 바다와 호수와 하늘과 나무와 성모상과 수녀원 건물 그리고 밭들이 한눈에 들어온다. 소나무와 편백나무, 동백나무를 제외하고는 모든 나무는 잎을 다 떨어뜨리고 앙상하여 겨울의 썰렁한 분위기를 자아내니 그것조차 멋스러운 풍경이다. 성당에서 피정 시작 기도와 묵상을 한 후 이 방에 들어서자 나는 행복감이 밀려왔다. 마음 통하는 좋은 친구와 밤바다를 바라보면서 도란도란 옛이야기를 해보고 싶다. 날씨가 따뜻해지면 꼭 이곳에서 사랑하는 이들과 밤을 지새우고 싶다.

배 한척이 유유히 물보라의 뒷길을 남기며 지나간다. 우리 인생도 이렇게 한세상 지나가는 것이다. 좁은 가슴으로 복대기며 살지 말고, 넓은 마음으로 쿨하게 살자. 그리고 주어진 환경에서 하느님께 감사하며 살자. 매일 감사와 즐겁고 기쁜 일을 개발하자. 밥을 지을 때도, 음식을 만들 때도, 청소할 때도, 닭장엘 갈 때도, 의미를 되새기며 충만한 순간을 살자.

헤르만 수녀님이 뒷산의 낙엽을 긁어모아 큰 자루에 두 자루를 막 끌고 지나간다. 나는 흐뭇한 미소를 지으며, 헤르만 수녀님의 등 뒤로 큰 하트를 보낸다. 새로 소임을 온 프란치스코 수녀님은 한 자루의 낙엽을 끌고 간신히 지나간다.

쉽지 않은 이곳의 삶에 첫발을 내디뎠다. 잘 적응하기를 빈다.

2021. 1. 23. (토)

이른 아침부터 닭장에서 닭들의 전쟁 소리에 야단이 났다고 수녀님들이 말했다. 무슨 일이 일어나면 다 같이 꼬꼬댁거리는 소리가 엄청 요란하다. 나는 식사 후 즉시 닭장으로 올라가 보니, 검정 청계 암탉이 두 발을 위로 하고 고개를 뒤로 젖히고 눈만 말똥말똥 뜨고 쳐다보고 있다. 어쩌다가 저렇게 되었는지 모르겠다.

헤르만 수녀님을 불렀더니 청심환 약을 먹이자고 하여서 일단 집으로 데리고 왔지만, 밖에서 약을 먹였다. 내 생각에는 이 닭은 약을 먹여도 효험이 없을 것 같았다. 목을 가누지 못해서 목이 앞으로 떨어지기 때문이다. 목이 부러진 것 같다. 암탉은 이제 머지않아 알을 낳을 수 있도록 다 키운 닭이다. 울지도 못하고 눈만 굴리고 있는데 가엾기가 이를 데 없다. 헤르만 수녀님이 닭의 목에 부목을 해주면 붙을 수 있다고 물건을 찾아왔다. 내 생각에는 그것은 닭만 괴롭히는 것이지 붙을 것 같지 않았다. 수녀님은 사람의 부러진 뼈 깁스 예를 들면서 희망을 건다. 간호사라서 어떤 사고를 보면 행동으로 들어가는 것 같다.

결국, 수녀님은 점심때가 지나서 혼자 닭을 잡았다. 내가 들어가 보니, 닭은 몸의 여기저기 상처가 나 있었다. 얼마나 심하게 싸웠으면 높은 횃대에서 뒤로 떨어지면서 고개가 부러졌을까? 그렇게 되자 온 닭이 한꺼번에 울고 소리를 지르고 법석을 떤 것이다.

밤새 안녕이라는 말이 있다. 인간의 삶도 밤새 안녕하지 못하는 일들이 일어난다. 그러니 오늘 아침 무사히 하루를 열면 그것은 은총이요, 하루가 하느님께서 나에게 주신 선물이다.

2021. 1. 25. (월)

나는 자주 닭장에 들어가서 닭을 관찰한다. 암탉이 알을 낳을 때 어떤 때는 알이 쉽게 나오지 않아 한참 애쓰는 것을 보게 된다. 거의 알이 나오려고 하면 알이 눌리지 않도록 살며시 몸을 들어 자리에서 일어나면서 알을 낳는다. 어떤 때는 힘을 주면 알이 약간 나오고, 힘주는 동작을 멈추면 알이 다시 똥고 안으로 들어간다.

오늘 나는 거의 알을 다 낳아 가는 닭에게 조금만 더 힘주면 된다고 조용조용 응원을 하는데, 알이 엉덩이에 달려서 빨리 떨어지지 않는다. 그래서 손으로 살짝 빼주고 싶었지만, 그것은 닭에게 실례가 될 것 같아 기다리고 있는데, 심술궂은 장 닭이 알 낳는 장소에 들어오니 순식간에 암탉은 꽁무니에 알을 달고 공중으로 날아버린다. 밖으로 따라 나가보니 알이 공중에서 땅으로 떨어진다. 알을 주워보니 약간 깨졌다.

나중에 헤르만 수녀님이 닭장에 오셨길래 깨진 알을 생달걀로 마시라고 드렸다. 청계 알은 생달걀도 비린내가 나지 않는단다. 닭똥 냄새 때문에 비위가 상해서 달걀을 잘 못 먹는 사람도 청계 알은 먹을 수 있다고 한다. 그만큼 고급 알이다. 오메가3도 많다고 하니 값이 비쌀 수밖에 없다. 닭이 금방 낳은 알은 껍질이 딱딱하지 않고 약간 물기가 있으나 즉시 껍질이 굳는다. 만약 처음부터 딱딱하다면 암탉이 알을 낳을 때, 항문이 찢어질 것이다. 그리고 엄청 아프고 고통스러울 것이다.

신의 창조의 신비는 모든 삼라만상에 차고 넘치는 것 같다.

2021. 1. 29. (금)

암탉이 알을 낳을 때 나름 신중하게 자리를 선택한다. 장소가 많을수록 자리다툼이 심하다. 알 낳는 자리에 앉은 닭이 하도 괴성을 꽥꽥거려 가까이 다가가 보았더니, 그 닭이 앉아 있는 앞으로 파고 들어가는 다른 녀석이 있었다. 반대쪽으로는 넓은 자리가 있는데 굳이 앞에 자리를 내어달라는 것이다. 먼저 앉아 있는 닭의 몸 위로도 올라가고 난리다. 그러니 먼저 앉아서 알을 낳는 중인 닭은 죽겠다고 소리를 지른다.

그래서 내가 방해를 하는 녀석을 잡으려고 하니 공중으로 날아갔다가 다시 또 시작한다. 그래서 나는 먼저 앉은 닭에게 "꼬꼬야, 아이구 네가 착하지, 저 못된 녀석에게 자리를 양보해주렴, 아이구 착하다. 그래 그렇지." 하고 달랬더니 마지 못해서 자리를 내어주었다.

그런데 조금 후 또 괴성을 지르고 소란을 떤다. 이번에는 또 다른 청계가 그 자리를 내놓으라고 하니. 첫 번째 자리를 잡은 닭은 죽을 지경이다. 나는 또 그 자리를 비집고 들어가려는 녀석에게 "얘, 이놈아 너는 이쪽 좋은 자리가 있잖아. 거기서 편하게 알을 낳으면 좋겠네." 하면서 그 반대쪽의 박스 안을 손으로 가리켰다. 그런데 신기한 일이 벌어졌다. 이 녀석이 공중으로 날아서 건너편 박스 안으로 들어가서 한 바퀴 돌면서 앉았다.

어휴 짜식들, 하루에 스무 개 정도 낳는 날은 전쟁터 같을 것 같다.

2021. 1. 31. (일)

오후에 다니엘 수녀님이 진동이를 위해서 기발한 생각을 해냈다. 미미를 진동이 자리에 매어놓고 진동이를 대신 풀어놓는 구상이다. 역지사지의 체험을 미미도 해보는 것이 좋다는 것이다. 이제까지 늘 외롭게 종일 날이면 날마다 진동이만 닭을 지켰다. 다니엘 수녀님의 그 생각이 마음에 들었다. 미미는 사람만 좋아하지 진동이에게는 아무 관심도 없이 무심한 놈이다. 그래서 둘의 위치를 바꾸어서 비록 40분 정도 진동이에게 자유를 주었지만, 진동이에게는 이 무슨 기적 같은 일이 있는가 싶고, 미미에게는 주인이 정신이 나갔는가? 이런 상황이 이해가 안 되는 일이 벌어졌으나, 미미는 망부석처럼 가만히 서 있다. 진동이처럼 뛰지도 않았다.

진동이는 이때다 하고 주변을 몇 바퀴나 돌고 달리고 마음껏 쏘다녔다. 진동이는 생각보다 문제를 일으키지 않고 닭장 앞으로 와서 자기 자리로 돌아왔다. 둘의 위치를 바꿀 때, 약이 오른 미미가 진동이를 물으려고 으르렁거렸다. 미미는 역지사지가 전혀 안 된 것 같았다. 다니엘 수녀님은 앞으로 일주일에 한 번쯤 진동이에게 자유를 줄 모양이다.

내 생각! 수도회의 큰일들도 이렇게 역할이 바뀌면 괜찮겠다는 생각! 그러나 미미같이 굴게 되는 일도 일어나지 않을까?

다시 봄

봄 준비

설

반성

봄의 단짝과 병아리 친구

우리

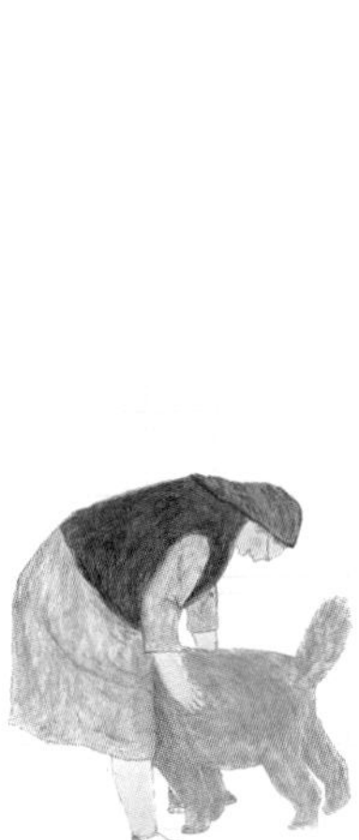

봄 준비

2021. 2. 1. (월)

봄이 다가오는 소리가 들림에 따라, 헤르만 수녀님은 부화기를 사용하여 병아리를 부화시키는 작업에 들어가기를 재촉하였다. 그런데 알들을 검사해 본 결과 무정란이 너무 많았다. 계속 병아리를 만들려면 유정란이 필요하기에 가두어 두었던 수탉 한 마리를 풀어주었다. 대장 수탉의 견제가 심하다. 우리가 잘생긴 검정 청계 수탉을 풀어 놓았기 때문에, 대장이 지독하게 따라다니며 검정 수탉을 구박한다. 이러다가 언젠가는 젊은 수탉이 대장에게 싸움을 걸어 대장이 패하면 그 뒤를 잇게 되는 게 자연의 법칙이다. 그러기에는 현재 대장이 체격도 좋고 인물도 아주 훌륭하여 당분간은 어림없지 싶다.

현재 수탉 대장은 정말 생긴 것이 출중하다. 벼슬도 빨갛고 각도 뚜렷하게 구김 없이 멋지게 생기고 털색 또한 아주 아름답다. 뭇 암탉들이 반하고도 남는다.

인간 세상도 잘난 사람에게 반하는 것을 보면 자연 이치가 그런 것 같다. 잘나고 볼 일이다.

2021. 2. 4. (목)

큰 닭들이 주욱 둘러서서 먹이를 쪼아 먹고, 나를 졸졸 따라다니는 것이 모습이 여간 귀엽지 않다. 갈수록 나를 따르는 닭 팬들이 생겨 닭똥을 치울 때는 등으로 머리 위로 날아오르고, 내 앞에서 올라오고 싶어서 머리를 주억거리고 서 있어서 안아 주면 또 팔에서 내려 달라고 내 손가락을 쪼고 성화다.

오늘은 검정 청계 암탉과 흰 토종과 둘이서 서로 안아 달라고 내 앞에서 얼찐댄다. 나는 두 마리를 한꺼번에 팔에 안았다. 그것이 너무 신기했다. 그래도 두 녀석 다 가만히 있다. 이러다가 너도나도 다 안아 달라고 시샘하면 어떻게 할까? 그때마다 내 윗옷에 먼지나 검불이 붙는다. 닭들은 이제 아무도 나를 경계하지 않는다. 나를 닭들의 엄마라고 생각하는 것 같다. 백 퍼센트 저들을 위하여 봉사하는 친근한 사이로 알고 있으니, 나로서는 즐거운 일이다.

얘들은 내가 닭고기를 잘 먹는 것을 모르는 것 같다. 닭개장

은 정말 맛있다. 나는 닭들이 우리의 먹거리가 되는 것을, 모르는 게 낫다고 생각하나, 죽어서 다른 사람의 먹거리가 되는 것보다 사랑하는 우리가 먹는 것이 나으니 슬퍼할 필요가 없다고 생각한다.

어쩌면 인간이 죽어서 사랑하는 하느님께 간다고 해도 죽음을 싫어하고 세상의 가족들과 헤어지기를 슬퍼하듯, 세상 생명체들 역시 육신의 삶이 끝나는 것을 거부하는 것이 본능인 것 같다.

2021. 2. 6. (토)

닭의 개체 수를 늘리기 위해 부화기에 알을 넣고 병아리의 예정일을 기다리고 있는데, 내일이 그 예정일이다. 그런데 오늘 아침 일찍 부화기에서 세 마리의 병아리가 미리 나왔다. 어미 닭이 알을 품는 것보다 훨씬 온도 조절이 잘된 것 같았다. 어미 닭이 품을 때는 자주 자리를 비우기도 하여 알을 깨고 병아리가 나오는 기간도 며칠씩 차질이 생기곤 했다. 아마 내일이면 한쪽 부화기에서는 병아리가 거의 다 나올 것 같다. 그리고 다른 쪽은 하루 늦게 넣었으니 월요일쯤 병아리들이 나올 것이다. 이렇게 하여 그동안 큰 닭만 키워온 우리 닭장에 새로운 아가들이 가득 찰 것이다.

작년에 처음으로 병아리를 깰 때는 엄청 신기하여 모두 흥분했었는데, 지금은 모두 좋아하지만, 지난번과 비교가 안 된다.

과학의 기술에 의해 닭이 알을 품지 않아도 기계가 알아서 병아리를 생산하다니 참으로 놀라운 세상이다. 그뿐만 아니라 앞으로의 세상이 두렵기까지 하다. 미래의 세대들이 살아갈 때는 지금의 우리가 상상도 할 수 없는 세계가 펼쳐질 것이다. 그때까지는 안 살면 좋겠지만 벌써 여러모로 세상은 변했다. 기계가 인간을 능가하는 세상이다. 그 모든 것은 인간이 만든 것이니 자업자득이다.

2021. 2. 7. (일)

겨울에는 닭들이 살이 내리고 몸이 홀쭉했었는데, 요즈음은 날씨가 살살 풀리니 보기 좋게 통통해져서 여간 귀엽지가 않다. 나는 마당에서 놀고 있는 닭들을 보면 정말 행복하다. 얼마나 사랑스러운지!

지금 부화기에서는 병아리들이 삐약거리며 나오고 있다. 그것을 보고 있노라면 시간 가는 줄 모른다. 한 마리씩 껍질을 벗고 세상에 나오는데 여러 시간이 걸려 고생고생하면서 나오느라 정말 수고가 심하다. 엄마 닭이 '줄탁동시(밖에서 알을 쪼아 병아리가 나오기 쉽게 도와주는 것)'를 해 주지 못하니 더 나오기가 힘든 것 같다. 비아 수녀님이 엄마 닭처럼 부화기를 살살 두드려 준다. 그러면 금이 간 껍질이 조금씩 움직이다가 쉬었다가 다시 움직인다.

생명의 신비를 이처럼 눈으로 볼 수 있다.

2021. 2. 9. (화)

흰 닭 예쁜이가 알 낳으러 들어가는 것을 보았다. 얼마 안 되어서 꼬꼬댁거려서 가 보니 벌써 제법 굵직한 알을 낳았다. 나는 팔을 벌리며 이리 오라고 했더니 덥석 안긴다. 그 모습이 대견스러워 마당으로 데리고 나왔다. 검정 청계가 샘이나 내 앞으로 다가온다.

요즈음 흰닭 예쁜이와 검정 청계가 서로 나에게 안기려고 겨룬다. 예쁜이는 하루에도 여러 번씩 나에게 안긴다. 나는 두 마리를 한꺼번에 팔을 벌려 안았다. 그런데 검정 청계는 좀 사납고 질투심도 강한 놈이라 내 팔에 안겨서도 만족하지 못하고 예쁜이를 쪼았다. 나는 얼른 두 마리를 땅에 내려놓고 검정 청계를 쥐어박았다. 못된 짓을 했으니 벌을 받은 셈이다. 예쁜이는 순한 녀석이다. 이렇게 짐승들도 기질이 있다.

이렇게 보면 인간에게도 짐승과 비슷하게 질투심 같은 못된 기질이 있는 것 같다. 마음을 다스리지 않은 인간은 짐승만도 못할 때가 많다. 동물들은 순전히 본능에 충실하지만, 일부러 악한 짓을 하지는 않기 때문이다.

하느님의 모상으로 창조된 인간이 하느님을 모르면 그 추락이 깊은 구렁이다. 신을 두려워하는 마음이 없다면 인간이기를 포기한 삶을 살게 될 수도 있다. 신앙인이 아니면서도 일생을 훌륭하게 타인을 사랑하며 살아가는 의인들도 많다. 그런 분은 신앙인은 아니지만, 양심에 따라 의인으로 살아가고 신을 경외하고 사는 사람들이다.

2021. 2. 10. (수)

요즈음 우리 수녀님들은 농사 준비를 하느라 정말 바쁘다. 힘이 좋아서 온갖 힘든 일을 척척 해내는 다니엘 수녀님, 쉬지 않고 낮 동안 계속 꾸준히 일하는 가타리나 수녀님, 비누, 물비누를 만들며 틈틈이 미미와 병아리를 돌보는 비아 수녀님, 이곳으로 소임 온 지 얼마 안 되지만, 열심히 밥하고 밖의 일을 참여하는 프란치스꼬 수녀님, 연세가 많지만 젊은이 못지않게 농사일을 하시는 아숨다 수녀님, 전체 일을 진행하고 세세한 신경을 쓰며 현장의 감독같이 일하는 헤르만 수녀님, 이렇게 공동체는 쉭쉭거리며 하루를 열고 저녁이 되면 잠자리에 들면서 바쁘게 돌아간다.

그중에 내가 가장 여유가 있으나, 나 또한 덩달아 바쁘다. 농사를 짓는다는 것은 적당히 하지만, 대충하는 것은 아니다. 인분과 닭똥과 깻묵, 소변 등 온갖 것을 섞어서 미생물들이 일하기 좋게 습도를 올리기 위해 거름에 수분을 시시때때로 주어야 한다. 헤르만 수녀님은 마치 농사 전문가처럼 머리를 쓴다. 수녀님은 농사에 대한 공부를 열심히 하므로 전문가 수준이 가능한 일이다. 이 일이야말로 좋아해야 노동을 하는 열정도 생기는 법이다.

설

2021. 2. 12. (금)

어릴 적 설날이 돌아오기 한 달 전부터 날마다 손꼽아 기다렸다. 설 전날 밤에는 설렘으로 밤잠을 설치곤 하였다. 자다가 눈을 뜨면 어머님이 설빔으로 우리의 옷을 바느질하고 계실 때도 있었다. 나를 위해 수고하시는 어머니를 보면 고맙기도 하고 뿌듯해서 기분이 좋았다. 솜씨가 좋으셨던 어머니는 털실로 스웨터나 털바지를 떠서 우리에게 입히곤 하셨다.

설 전날 학교에서 집으로 돌아오는 길에는 이집 저집에서 흘러나오는 부침 냄새가 우리를 행복하게 하였다.

설날 제사를 지낸 다음 동네 친구들은 모여서 이웃에 세배하러 다녔다. 대부분의 어른들은 우리에게 음식을 차려 내오셨는데, 우리는 이미 배가 부른 상태이기 때문에 그것은 그림의 떡이었다. 세뱃돈을 주시면 좋은데, 당시 가난한 시절에 세뱃돈을 주시는 집은 푸줏간 주인과 중국집뿐이었다. 그 이야기를 집에 와서 했다가 어머니에게 된통 혼이 났다.

아무튼, 지난 시절의 회상을 오늘은 하면서 그리움에 머물렀다. 어릴 적 즐거움은 일생 기억에 남는다. 세상 좋은 일도 그때의 사소한 기쁨, 설렘에 비하면 아무것도 아니다. 부모님들은 아이들에게 어릴 때 좋은 추억을 남겨주도록 애써야 할 것이다. 이제는 설 명절 본 날인데도 아무런 느낌도 없으니 즐겁던 시절은 회상 속에만 남았다. 그러나 오늘 동생들이 줄줄이 나에게 인사 전화를 해온다.

내가 이제 우리 집안의 어른이니, 하늘나라에 갈 순서가 가장 빠르다고 할 수 있다.

2021. 2. 15. (월)

참 시간이 빨리 지나간다. 작년 2월 12일에 이곳으로 소임을 왔는데, 벌써 일 년이 훌쩍 지나갔다. 진동은 북쪽보다 기온이 훨씬 따뜻한 곳이지만, 그래도 겨울 동안 매서운 추위에 우리는 화목난로에 나무를 때며 아침저녁 식사를 춥지 않게 보냈다. 벌서 매화꽃이 피고 동백꽃도 피었다. 나는 이곳에 와서 좋은 공기를 마시며, 닭들과 함께 행복한 시간을 보내고 있다. 어떤 때는 내가 동화 속의 주인공처럼 꿈을 꾸는 것이 아닌가 싶을 때도 있다.

내일부터 열흘 동안 갈평에서 연례 피정을 시작한다. 이 기간에는 오로지 주님의 현존에 머물러 그분과의 시간만 보낸다. 영적 에너지를 충만히 받을 것이다. 그리고 나와의 전쟁이 시작되기도 하다. 피정을 떠날 생각을 하니 마음이 벅차오르기도 한다. 수도자가 누릴 수 있는 행복이란 이러한 시간을 당연히 사용하는 것이다. 누구도 방해할 수 없는 나만의 시간이다.

반성

2021. 2. 28. (일)

엄밀히 성찰해 보면 나의 삶에서도 약간의 문제가 있다. 가난하게 살면서 거친 음식을 먹고 불편하게 사는 것을 감수하고 힘든 일을 하면서 참된 내적 기쁨을 맛보면서 영혼이 참으로 자유롭다면 좋다. 내가 남보다 작아지고 낮아진다면 그 영혼이 단순하다면 끝자리를 즐기고, 아니 당연하게 여기고 높고 낮음을 벗어난다면 좋다. 참으로 하느님의 뜻을 알아듣고 예수님만을 찾으며 산다면 좋다. 하느님과 재물 사이에서 갈등 없이 늘 하느님만 바라보고 섬긴다면 이젠 죽어도 좋다.

이제 와서 굳이 약간의 재물이나마 내 의도대로 사용하고, 공동체에서 공공연하게 사용하거나 사용하지 않거나 간에 약간의 푼돈도 가지지 않고 하느님만을 섬긴다면 좋다. 그런데 이 정도면 괜찮다고 생각하며 내 의도대로 형제들에게 좋은 일을 한다고 생각하고 내 맘대로 한다면 이대로 좋을까? 그것은 엄밀히 보면 복음 말씀을 약간 희석해서 내가 불편하지 않도록 산다는 생각이 든다. 이것은 '틈새 작전'을 벌여 틈새로 새어나가서 자유를 누리고 싶어 한다는 생각이 든다. 자기 의도대로 즐기고 주님을 따른다고 하면서 작은 주머니를 대롱대롱 옆구리에 끼고 여분의 것을 남겨놓고 하느님께 '올인'하지 않고 살아가는 것이리라.

2021. 3. 1. (월)

오늘 고해성사를 하면서 느낀 것을 실천하기로 했다. 푼돈이라도 재물을 내 마음대로 우리 수녀님들을 위해 쓰면서 자기만족을 느꼈던 것은, 분명히 예수님 안에서 살기보다 자기 하고 싶은 대로 산 것이다. 주님을 살짝 옆으로 밀어 놓았다는 것은, 하느님과 재물을 함께 섬긴 것이나 같은 것이다. 돈을 사용하지 않을 때도 가방 안에 얼마가 있다는 사실에 믿음직하게 느끼고 살았으니, 주님께 모든 것을 맡기지 않았다는 사실이 여간 죄스러운 것이 아니다.

모든 것을 다 비우고 살면 훨씬 정신적으로 가벼울 것이다. 아무것도 소유하지 않는다는 것은 모든 것을 소유한 것이나 한가지다. 물론 때로는 불편할 수도 있다. 하고 싶은 것을 할 수가 없기 때문이다. 그러나 필요하면 겸손하게 청하면 될 것을, 틈새 자유를 누리고 적당히 복음을 살려고 한 것은 청빈 서원에 어긋나는 삶이다. 나는 나의 소유를 공동체에 다 내놓을 작정이다. 그리고 나 자신이 적당히 누리고 살려고 했던 점을 부끄럽게 여긴다.

2021. 3. 3. (수)

재물이 없는 것이 자랑인가? 적어도 공동생활을 하는 수도자에게는 그렇다. 우리가 무슨 재물이 있는가? 무엇이 나를 움직이고 있는가? 예수님이신가? 여러 가지로 깊이 생각해 본다.

세상의 젊은이들은 좀 더 나은 직장에 들어가기 위하여 스펙을 쌓는다. '학벌', '학적', '토익점수' 등의 자기 평가요소이다. 원래 '스펙(Specification)'은 '제품 설명서'이다. 이 제품이 얼마나 성능이 좋은지 기계에 사용하던 말을 급기야는 사람에게 적용하고 있다. 스펙을 많이 쌓아도 취직하기가 쉽지 않다.

수도회는 어떤가? 입회자가 스펙이 전혀 없어도 좋은지? 물론 밖의 사정과는 다르지만, 우리도 능력 있고, 일 잘하고, 두뇌 회전이 잘되고 모든 점에서 뛰어나면 좋다는 생각이 든다. 그러나 이 모든 점을 갖추었다고 해도 하느님의 뜻, 복음 정신에 멀어져서 산다고 하면 끝까지 이 길을 가기가 힘들 것이다. 목적지까지 못 가고 도중 하차할 수 있다는 말이다.

부자는 정신적으로 겸손하기가 쉽지 않다. 수도자도 능력이 뛰어나다면 교만할 수가 있다. 겉보기가 좋은 것이 다 좋은 것은 아니다. 많은 것을 받은 수도자가 참으로 겸손하고 열심히 산다면, 그만큼 주님께 가까이하기 위해 애쓴 결과일 것이다. 주님께서 모든 탐욕을 경계하라고 하셨다. 나 자신이 소중한 사람이라고 생각하는 것도 하나의 욕심이니 경계해야 할 것이다. 은연중에 나는 내가 꽤 괜찮은 사람이라고 착각할 때가 있다.

너는 정말 부족하고 아무것도 아님을 명심하여라.

2021. 3. 5. (금)

수도회에 입회한 지 49년이 되었다. 오늘 묵상 중 돌아보니 아슬아슬할 때가 많았었다. 겉으로 보면 멀쩡하지만, 내면 깊숙이 들어가니 거기엔 정글도 있었고, 지뢰도 있었다. 어느 때는 내 곁에 사탄도 바짝바짝 따라다녔다. 그런데 너무 기막힌 일은 이러한 우여곡절 중에도 하느님의 손길은 나를 놓지 않고 따라다녔다. 그 덕에 용케 모든 갈등 하나하나를 넘어갈 수 있었다.

나는 주님의 너무나 큰 사랑 때문에 이렇게 살 수 있는 것이다. 내가 잘나서 장해서 수도 성소를 지킨 게 아니었다. 오직 그분의 손길에 힘입어 가능한 일이었다. 부족한 나를 이만큼이라도 양성시키시느라 주님께서는 정말 바쁘셨다. 내 일생 내내 나와 함께해주신 나의 하느님께 나는 끝날까지 영원토록 사랑과 감사와 찬미와 영광을 드리리라.

2021. 3. 6. (토)

요한 13장을 보면, 예수님께서는 애정 어린 동작으로 제자들의 발을 씻기신다. 그리고 하늘을 우러러 기도하신 후 빵과 포도주를 제자들에게 나누어 주신다. 당신의 몸을 제자들에게 주심으로 '성체성사'가 이루어지는 거룩한 날이다. 나는 계속 이 장면에 머물러 있다.

그러다가 깜빡 잠들었다. 그런데 갑자기 그 아름다운 만찬장은 사라지고 텅 빈 적막감이 내 가슴을 후벼팠다. 아~ 후배들이 수도회에 들어오지 않고 이 아름다운 갈평 피정의 집, 평화 계곡, 진동 요셉의 집은 약동하는 젊음이 사라지고 있다.

이 아름다운 영적 만찬장에서 이렇게 우리만 누리면서 기도하고 피정을 하다니.

젊은이들이여 왜 삭막하고 팍팍한 세상에서 현세 삶에만 허우적거리시오? 당신들은 푸른 초장 아름다운 이곳에서 왜 주님과 만나며 위안을 받고 쉬러 오지 않는가요?

나는 속이 막혀 세상의 젊은이들에게 부르짖는다. 오셔요. 그대들이 오시면 내 그대들을 위하여 예수님처럼 나를 바치리오.

100년도 안 된 우리 수도회는 아직 젊은데, 주님 우리를 도와주소서.

2021. 3. 7. (일)

세상의 뭇 인간들은 과학을 앞세워 지금도 하느님의 자비로우심과 사랑을 알아듣지 못하고 있다. 아니, 사람들은 하느님 없이 살고 싶어 한다. 하느님이 어디 있느냐고 묻는다.

그래도 하느님, 당신은 하느님이시니 참으십니다. 인간들이 어찌 크신 당신을 알겠습니까? 진정 숨어 계신 당신을 침묵 속에 계신 당신을 어찌 알겠습니까? 소리소리 질러 찾아도 보이지 않으시는 당신이 아닙니까? 가장 심원한 곳 은밀한 곳에 계시는 당신을 사람들은 아니 계신다고 합니다. 과학이면 그만이라고 말합니다. 하느님 당신은 필요 없다고 합니다. 과학이 아무리 발달해도 거룩하시고 신비한 당신께는 미치지 못합니다. 우리는 언젠가 하느님 당신 앞에 서 있게 될 것입니다. 십자가 위에서 돌아가신 주님! 당신이 불쌍한 분이 아니라, 오늘날에도 당신을 십자가에 못 박는 저희들이 진정 가엾은 인간입니다. 그 사랑으로 당신의 피 한 방울이라도 저에게 주옵소서. 당신의 길 따르는데 한 방울이면 제겐 넉넉합니다.

십자가 위에 계신 예수님, 감실 안에 계신 예수님, 성체 안에 계신 예수님.

인간이 무엇이기에 이토록 사랑해 주십니까!!!

2021. 3. 8. (월)

대략 16년쯤 전이다. 예수회 정한채 신부님의 지도로 갈평 피정의 집에서 영신 수련으로 관상기도를 하였었다. 큰 방에서 양쪽으로 나누어서 벽을 바라보며 면벽 기도를 하였었다. 50분씩 하루에 서너 차례씩 하였다. 비록 벽을 바라보고 기도하지만 움직이면 서로 방해를 받을 수 있었다. 그래서 나는 미동도 하지 않을 결심을 하고 실제로 그렇게 하였다.

수난 관상기도를 하는 날이었다. 눈물이 양쪽 볼을 타고 내리면서 검정 모직 수도복 위로 떨어졌다. 손수건으로 닦지도 못하고 그대로 두었다. 두 번째 기도 시간에는 얼굴도 소금기로 따가웠고, 수도복 위로 계속 눈물이 떨어지니 지붕 위에서 낙숫물이 떨어지듯 모직 수도복 위로 툭툭 떨어지는 소리가 들렸다. 그래서 다음 시간을 위해 세수를 해서 빰에 묻은 소금기를 지우고 수도복의 소금 자국을 빨았다.

당시 나는 예수님의 수난에 깊이 몰입하면서 참을 수 없는 슬픔과 가슴 아픔에 소리 없이 많은 눈물을 흘렸다. 그리고 점심 식사는 굶었다. 기도 중 눈물을 흘리면 그 은혜로움은 세상의 어떤 것보다도 기쁨과 감사로 충만하고 세월이 흘러도 그 장면을 잊지 못하는 법이다.

그런데 이번에는 내 감정이 꽉 막혀 버렸다. 그냥 주님께서 이끄시는 대로 맡겼다. 그래도 기도에 깊이 들어가지 못한 것은, 마음을 비우는 데 장애가 있는 것이리라….

봄의 닭장과 병아리 전구

2021. 3. 11. (목)

장닭들의 등쌀에 암탉들이 너무 시달려서 얼마 전부터 세 마리의 수탉을 따로 가두어 두었었다. 그제부터 닭장을 수리하고 새롭게 만들어 주느라고 닭들을 들판에 풀어 놓아주었다. 닭들은 신나게 땅을 파헤치고 벌레를 잡아먹고 풀을 쪼아 먹느라고 무리를 지어 다닌다.

그런데 장 안에 따로 있던 수탉들은 닭장 밖으로 나오지를 못한다. 세 마리 모두 이상한 증세를 보였다. 억지로 밖으로 내보내면 즉시 닭장으로 다시 돌아왔다. 게다가 암탉들이 알을 낳는 장소로 자꾸만 들어가서 훼방을 놓는다. 마치 사람이 오랫동안 감옥에 있으면 사회에 나와서도 적응이 잘 안되듯, 짐승들도 그런 것 같다. 그뿐만 아니라, 스스로 갇혀 있던 장소로 들어간다. 아마 그 안에 있는 것이 마음이 편한 것 같다.

그동안 그토록 밖으로 나오고 싶어서 횃대 위에 올라가서 목청껏 소리를 질렀는데, 이렇게 이상한 행동을 하는 닭의 마음을 내가 어찌 알겠는가? 수탉이 많으니 닭장 안은 마치 전쟁터와 방불하다. 그래서 결국 오늘 두 마리의 수탉을 더 잡아넣었다.

2021. 3. 12. (금)

부화기로 탄생한 첫 병아리들이 제법 자랐다. 따듯한 유축(幼畜) 박스에서 닭장으로 옮겨서 전등을 한 개만 켜 주었는데, 다섯 마리가 밤새 추웠는지 서로 붙어 있다가 깔려 죽었다. 그래서 열두 마리만 남게 되었다. 지금은 제법 커서 아주 귀엽던 녀석들이 약간 모양이 없어졌다.

그 사이 두 번째 부화로 서른 마리의 아기 병아리들이 탄생했다. 세 마리가 죽고 지금 나머지는 잘 자라고 있다. 더 많은 병아리를 키울 수 있도록, 거제 본당 전 회장님의 주선으로 목수까지 불러 닭장을 훌륭하게 보완했다.

비아 수녀님이 전구를 주문해서 밤낮으로 조절하며 병아리를 열심히 돌보고 있다. 병아리는 추위에도 약하고 더위에도 약하다. 엄마 닭이 돌보아 주는 게 아니므로 상당히 클 때까지 손이 많이 필요하다. 나는 주로 큰 닭들을 보살핀다. 닭장의 큰일들은 헤르만 수녀님과 다니엘 수녀님의 손길이 필요하지만, 닭들을 위한 봉사는 단연 내가 제일 많은 시간을 투자한다.

나는 어미 닭들이 무척 사랑스럽다. 닭들을 안아주면 꼭 웃옷을 버리지만, 안기려고 내 앞에 와서 기웃거리는 녀석들을 못 본 체할 수 없다.

2021. 3. 13. (토)

비아 수녀님이 병아리 있는 곳의 온도를 조절하는 일을 담당했는데, 그제는 깜박 낮 동안 덮어준 담요를 걷어주는 것을 잊고 큰 닭장에 일하러 갔단다. 나에게 내려가서 병아리 케이지에 덮은 담요를 내려주라고 해서 내가 창고로 내려왔다. 그런데 창고 안은 낮 기온이 높아서 더웠다.

케이지 안의 스물일곱 마리의 병아리들이 아무 소리도 없이 조용하다. 나는 가슴을 두근거리며 담요와 비닐을 벗겨 주었다. 병아리들은 실신 상태가 되어 쭉 뻗어있었다. 나는 얼른 전등부터 끄고 통풍을 시키니 한두 녀석이 삐약거린다. 그래서 비아 수녀님에게 내려와 보라고 알렸다.

비아 수녀님은 놀라서 한달음에 달려왔었다. 오늘은 아침에 병아리들이 온도계를 끌어 앉고 옹기종기 모여 있는 바람에 온도계의 열이 높으니 케이지 안에 불이 한 등만 남고 따뜻한 등은 꺼져 있었다. 이번에는 압사할 정도로 똘똘 뭉쳐서 한 등 남은

불 앞에 모여 있었다. 비아수녀님 왈 “병아리 키우다가 십년감수 하겠어요.” 한다. 정말 가슴이 조마조마할 때가 많다.

우리 부모님들은 자식을 키울 때 놀란 가슴을 진정시키느라 애쓸 때가 얼마나 많았겠는가? 그런데 불효자들은 제가 스스로 커서 잘된 것처럼 착각하여 부모를 소홀히 대하고 부모님의 사랑에 감사할 줄 모르는 사람이 얼마나 많은가?

2021. 3. 14. (일)

오늘 새벽에 이문희 바오로 대주교님께서 선종하셨다는 비보를 받았다. 우리 수도회의 아버지가 하느님 품에 돌아가셨구나 하는 것을 생각하며 공동체가 모여서 ‘연도’를 하는데 갑자기 주교님의 생전의 모습들이 떠오르며 눈물이 펑펑 쏟아졌다. 좀처럼 마음이 진정되지 않는다.

오랫동안 기력이 쇠진한 채로 지내셨으나, 언제나 우리가 당신을 뵙게 될 때마다 유머 감각이 떨어지지 않고 우리를 웃게 하셨던 분이시다. 어려운 일이 있을 때마다 수도회 장상들이 찾아가 주교님께 조언을 구하기도 하였었다. 참으로 아버지 같던 분이셨다.

이제 이 세상을 떠나셨지만 오래오래 우리들의 기억에 남으리라. ‘하느님 아버지, 주교 이문희 바오로에게 영원한 안식을 주소서. 영원한 생명을 그에게 주소서.’

우리

2021. 3. 15. (월)

미미 녀석이 요즈음 나를 보는 태도가 싸아 하다못해 무관심하다. 내가 닭에게만 신경을 쓰고 저에게는 맛있는 것을 챙겨주지 않으니 볼일 없다는 것이다. 그래서 오늘 아침에는 미미에게 훈계를 하였다.

"너 요즘 나에게 쌀쌀맞게 대하는데, 내가 너에게 줄 것이 없어서 못 주었다고 그러지. 어제 다니엘 수녀님이 너에게 준 북어 대가리도 진동이 몫인데, 다니엘 수녀님이 미미에게 주게 달라고 해서 내가 그것을 준거야." 그랬더니 미미가 고개를 옆으로 싹 돌린다. 그래서 개새끼 관심을 받으려고 유치하게 떠들고 있는 내가 웃겨서 미미에게 대화를 그만두고, 부엌에서 육수를 내고 난 멸치를 몇 마리 가져다 미미에게 주었더니 좋아서 꼬리를 살랑살랑 흔든다.

진동 공동체에서는 동물까지 모든 것은 관심의 대상이다. 그러나 미미의 사랑은 단연 다니엘 수녀님이다. 다니엘 수녀님은 미미를 쓰다듬어 주지, 진드기를 잡아주지, 빗으로 털을 빗겨주지, 산책도 하면서 개와 함께 달리기도 한다. 우리는 미미의 큰 관심을 끌기는 역부족이다.

언제나 사랑 고픈 진동이는 우리가 나타나기만 해도 격하게 반가움을 표한다. 눈물을 많이 흘리는 진동이의 눈에는 언제나 눈곱이 끼어 있어 볼 때마다 손으로 눈곱을 씻어 주어야 한다. 그래도 전보다 자주 우리는 진동이가 넓은 들판을 뛸 수 있도록 목줄을 풀어준다. 우리의 사랑을 확인한 진동이는 원대로 달리기를 한 다음 우리가 부르면 달려와서 다시 목줄을 하도록 허락한다.

짐승이나 사람이나 관심과 배려와 사랑이 제일인 것을, 그런데 사람이 어깃장을 놓으면 사랑하기가 힘들다. 예수님이 가장 우리에게 원하시는 것이 '사랑'인데 말이다.

2021. 3. 16. (화)

내가 생각하기에 우리 닭들은 머리가 꽤 영리한 것 같다. 오늘에야 그 이유를 알 것 같다. 양 프란치스꼬 수녀님이 멸치를 맛있게 볶았는데, 다니엘 수녀님이 멸치 똥을 빼내지 않고 볶아서 쓴 맛이 난다고 하였다.

나는 인터넷에서 검색을 해보았다. 멸치 똥(내장)에 대한 것만 보면, 멸치는 자신보다 아주 작은 물고기는 잡아먹지 않는다. 멸치는 배를 갈라도 작은 물고기가 나오지 않는다. 왜냐하면 플랑크톤을 먹기 때문이다. 즉 멸치는 먹이사슬의 가장 아래에 있는 물고기인 것이다. 멸치는 기억과 학습에 관한 영양분이 많아 치매 예방에도 한몫한다고 하니, 자주 먹을수록 좋을 것 같다.

결론적으로 우리 닭들은 육수를 내고 난 멸치들을 통째로 먹으니 더 이상 '닭대가리'가 아니다. 우리는 국물만 우려내고 진짜는 닭이 다 먹는다. 닭을 너무 사랑해서?

2021. 3. 17. (수)

암탉이 알을 낳는 장소를 택할 때는 나름 심사숙고하는 것 같다. 희한하게 누가 먼저 자리 잡고 앉아있는 데로 가서 죽자살자 저리로 비키라고 때를 놓는 바람에 먼저 앉은 놈은 비명을 질러대고 난리다. 그러다가 자리를 양보해 주지 않으면 먼저 앉은 녀석의 머리 위로 기어 올라가고 무법자가 따로 없다. 몇 마리는 이 자리 저 자리를 기웃거리며 소리소리 지르고 마음에 안 든다고 야단이다.

요즈음은 매일 달걀을 스무 개 정도 낳으니 알 낳는 장소가 소란스럽기가 짝이 없다. 성격이 좋은 녀석들은 한 장소에 두 마리가 사이좋게 앉아서 알을 낳는다. 장 안을 기웃거리며 줄을 서서 빨리 나오기를 기다리는 녀석들은 마치 사람들이 공중화장실 앞에 줄을 서 있는 것 같다. 빈칸이 많은 데도 제 마음에 드는 곳으로 들어가려고 그러는 것이다. 사람이 자기 아파트를 살 때 집을 고르는 것과 같다. 그런데 에라 아무 곳에나 낳고 보자 하는 식으로 땅바닥이나 마당 한구석에다가 알을 낳는 무책임한 놈들도 있다.

어쩌면 닭들이 살아가는 것을 보면 사람들의 살아가는 방식과 비슷하다는 생각이 든다. 성실한 스타일의 닭은 알도 잘 낳고, 열심히 먹이를 찾아 먹고, 사람에게도 잘 따른다. 심술 맞은 성격도 있어서 꼭 먹을 때 옆의 닭을 찍고 못살게 한다. 벌써 물그릇에 두 발을 넣고 물을 마시는 놈도 있다. 이러니 닭들을 보고 있으면 시간 가는 줄 모른다.

2021. 3. 18. (목)

닭도 생활력이 강한 녀석이 있다. 그동안 제 형제들은 여덟 마리가 나자마자 다 죽고 홀로 커서 엄마 닭을 졸졸 따라다니던 막내가 벌써 여러 달 전에 엄마로부터 내침을 당하고, 먹이를 먹을 때마다 큰 닭들이 쪼기 때문에 이리저리 피하고 다니면서 살아남기 위해 애를 무척 썼다. 그런데 얼마 전부터 부쩍부쩍 자라더니 이젠 완연한 수탉의 모습을 갖추었다. 게다가 벼슬도 잘생겼고 턱 아래도 빨간 턱수염이 멋지게 늘어졌다. 뭇 수탉들보다 턱 아래는 가장 잘났다. 또한, 힘은 솟아 넘쳐나고 있으니 모든 암탉을 대상으로 짝짓기를 시도하고 분탕을 떨었다. 하는 수 없어서 이 녀석도 수탉들이 모여 있는 곳으로 이동시켰다.

한편 생각하면 가엾기도 한데 이 애는 꼭 알 낳으러 들어가는 암탉을 대상으로 알을 낳지 못하게 방해를 하니 어쩔 수 없었다. 이러다가 잘 자라서 훌쩍 커버리면 사람에게 잡아 먹혀 버리게 될 텐데 안타깝다. 그것이 수탉의 운명이니 어쩌겠는가! 우리는 벌써 수탉 여러 마리를 잡아먹었다. 손님 대접하느라고!

2021. 3. 20. (토)

일기예보에 의하면 이른 새벽부터 온종일 비가 온다고 한다. 정말 새벽부터 비가 추적추적 내리고 있다. 오늘은 농장 일을 나갈 수 없다. 그래서 어제 수녀님들은 밭에 발효된 닭똥을 뿌리고 미생물이 활동을 잘할 수 있도록 준비하는데, 농민들을 위해서 준비된 닭똥을 많은 부대로 우리도 나누어 받았다. 한 포에 20킬로그램 씩이나 되는데, 우리 집 장군인 다니엘 수녀님이 계분(鷄糞)을 어깨에 둘러메고 수십 포를 옮겼다. 가타리나 수녀님은 괭이로 열심히 땅을 팠고, 비아 수녀님과 헤르만 수녀님, 아숨다 수녀님은 함께 부지런히 일하셨다. 그 옆에서 얼마 전에 이곳으로

소임 온 막달레나 수녀님은 열심히 미나리를 뜯었다.

막달레나 수녀님은 낮에도 쉬지 않고 들의 나물을 뜯는데, 그 때문에 우리 식탁에는 신선한 봄나물이 넘친다. 그것을 양 프란치스꼬 수녀님이 어떤 나물이 와도 맛깔스럽게 요리를 만드는데, 그 음식은 우리의 입맛을 사로잡는다. 들판에는 신께서 주신 온갖 약초가 널려있다.

어제 모두 초강세 노동을 했기에 헤르만 수녀님이 오늘 하루 우리 모두에게 푹 쉬도록 자유를 주었다. 사실 나도 어제 밭에서 닭에게 줄 간식으로 삼동추를 뽑아서 큰 양푼이 하나에 가득 채워 닭장까지 머리에 이고 가서 닭들에게 주었는데, 안 쓰던 동작이라 팔이 너무 아파서 수없이 팔을 바꾸어가며 날랐다. 완전 농촌 아줌마 스타일이다. 그렇게 머리에 이고 가는 동작이 내가 생각해도 즐거웠다. 나중에 이 이야기를 하니 헤르만 수녀님이 "아, 아깝다. 그 모습을 사진 찍었어야 했는데."라고 하셨다.

2021. 3. 22. (월)

요즘 우리 들판에서 나오는 보약 같은 봄나물은 돌미나리, 원추리, 쑥, 민들레, 머위 등이다. 잔잔한 약초같이 생긴 돌미나리는 초고추장에 무쳐서 먹으니 나물을 싫어하는 나에게도 구미가 확 당기는 향기로운 맛이 있다.

원추리도 맛이 있는데, 우리도 나물로 먹자고 여러 차례 이야기해서 드디어 오늘 살짝 데쳐서 먹었다. 꽃이 피는 종류가 나물로도 일품의 맛을 지니고 있으니 참으로 별일이다.

양 프란치스꼬 수녀님에게 내가 몇 번이나 원추리가 '맛이 있다'고 했더니 수녀님이 신이 나서 반찬을 만들었다. 쑥은 생콩가루를 넣고 국을 끓였는데, 쑥국이 이렇게 시원하게 맛있는 것은 처음으로 알았다. 쑥털털이는 밀가루를 살짝 버무려 김을 올려서 만들었는데, 다들 잘 먹이서 여러 번 만들어 그때마다 성황리에 먹어치웠다. 민들레는 초고추장에 살살 버무려 무치니 약간 쌉싸름하니 입맛이 당긴다. 머위는 살짝 데쳐서 된장에 싸서 먹으니 좀 써서 먹기가 힘들지만, 몸에는 아주 좋은 나물이다.

연일 봄나물이 풍성하니 식사 때마다 나물 풍년이다. 나도 조금씩 나물 먹는 것에 익숙해진다. 이 모든 나물은 막달레나 수녀님이 수고하여 뜯어 온 것이고, 음식은 주로 양 프란치스꼬 수녀님이 만들고, 우리는 매 끼니 먹어 치우기 바쁘다. 물론 나도 옆에서 보면서 나물로 반찬 만드는 법을 배운다.

2021. 3. 23. (화)

앞집 안토니오 형제님의 닭장에 슬픈 일이 일어났다. 형제님이 닭장 문을 단단히 잠그지 않아서 짐승이 들어갔다. 장 닭은 암탉들을 지키기 위해 얼마나 치열하게 싸웠는지 형제님이 닭장에 가서 보니 거의 죽어 가고 있었고, 암탉 한 마리가 없어져서 찾아가 보니, 매 한 마리가 암탉을 뜯어 먹다가 후드득 날아가 버렸다고 하셨다. 그래서 죽어가는 장 닭을 그냥 두고 집으로 돌아왔는데, 마음이 너무 아파서 힘들어하셨다.

그 장닭은 2년 전에 우리 집에서 드린 것이다. 닭을 키우는 우리도 그 마음을 알기에 매우 안타까웠다. 마침 우리는 오늘 세 번째로 자동 부화기에 넣을 종란(種卵)을 형제님의 토종닭에서 구했기에 우리 장닭을 한 마리를 드리기로 했다. 지금 수탉들을 따로 키우는 데에는 여섯 마리의 수탉이 있는데, 이 중에서 가장 생존력이 강하고 인물이 출중한 막내를 보내기로 선택했다. 내일은 이 녀석을 그리로 보낼 것이다. 거기로 가면 암탉 여덟 마리쯤 되는 곳에서 즉시 대장이 되는 것이다.

한 마리의 수탉이 비운으로 떠나고 얼김에 우리 막내가 그곳으로 장가를 가게 된 것이니 이 녀석으로 보면 완전 신분이 급상승한 것이다. 비록 닭들의 이야기이지만 세상일이란 알 수가 없는 일이다. 그러나 참으로 희한한 일은, 암탉을 지키기 위해 온 힘을 다해 싸우다가 죽은 그 장닭의 후손이 탄생할 종란을 오늘 우리 부화기에 넣었다는 사실이다. 그 닭은 죽어도 죽은 것이 아니다. 자기의 후손을 우리 닭장에 남기게 될 것이다.

2021. 3. 24. (수)

닭장 일기를 쓰기 시작한 지 거의 일 년이 되었다. 독자도 별로 없고 댓글도 몇 안 되지만, 나는 글을 계속 쓰고 있다. 글을 쓴다는 것은 영신 사정에 좋고, 정신 건강에도 좋고, 늙어 가지만 아직도 자기발전이 되는 것 같고, 여러모로 나에게 이득이다. 그런데 하느님이 생각하셔도 좀 동정이 되셨는지, 오늘은 '평화신문' 기자 이지혜 자매님을 우리 집으로 보내셨다. 그래서 진동 요셉의 집 수녀님들은 기자님의 질문에 따라 대답하고, 많은 이야기를 나누었다. 하룻밤을 루이동에서 쉬고 내일 가신다.

글쎄, 신문에 우리들의 이야기를 실으면, 혹시 내 닭장 일기 독자가 좀 생기려나? 나야 뭐 독자가 있거나 말거나 자기가 좋아서 글을 쓰지만, 기왕이면 다홍치마라고 독자들이 늘어나고 진동 요셉의 집이 알려지고 많은 이들이 이곳을 찾아와서 힐링할 수 있다면 여러 모로 보람될 것이다.

부활특집을 내신다고 닭장에 가서 닭들과 병아리들 사진도 찍었다. 특히 우리 공동체는 생태 교육을 위하여 노력하는 사명이 있으니 사람들이 자연을 생각하며 살아가는 우리의 모습을 본다는 것은 의미 있는 일이다.

일기가 책이 되리라고는 나는 몰랐다. 카페에 글을 올린 지 1년이 지나도록 별 독자도 없이 그저 쓰는 것이 좋아 글을 썼다. 나는 학창 시절에 소설가가 되고 싶었다. 그러다가 수도자가 되어서 나의 꿈은 무의식 속으로 가라앉고 그리되기를 생각조차 한 적이 없었다. 닭장 일기를 쓰면서 희미한 꿈이 살아나며 꿈틀거렸다. 책을 낼 수 있으려나 막연한 생각이 스쳐 지나갔다. 하느님께서는 당신의 부르심에 응답하여 살아온 나에게 늘그막에 작가가 되는 은총을 허락하셨다. 섭리가 나를 키워주신 것이니 그 영광을 당신께 드리며 감사드린다.

조카 유진이가 이모를 위해 이 글을 책으로 출판하도록 주선했다. 일기가 책으로 나온 것은 순전히 유진이 덕분이다. 이 책을 위해 열심히 수고해 주신 많은 분과 라온북 조영석 소장님, 백유미 대표님, 최향금 편집장님께 감사하다. 그리고 그림작가 지은님의 좋은 그림에 감사한다. 글 작가의 신선한 경험과 체험이 어울리고 그림작가의 영감이 합쳐서 독자들의 가슴에 즐거움을 선사할 수 있기를 희망한다. 어느 독자에게는 다른 꿈을 키우며 행복하게 마음의 짐을 홀가분하게 내려놓으며 몸과 마음이 힐링될 수 있기를 바란다.

지금도 나는 여전히 글을 쓰고 있다. 이 글이 또다시 세상에 빛을 볼 수 있을지 아닐지는 독자들의 성원에 달려 있지만, 감히 꿈이 무르익기를 기다리는 나로서는 자신의 고백서와 같은 이 글들이 다시 한번 세상에 빛을 봄으로써 건조한 세상에 훈훈한 힐링을 선사하는 역할을 할 수 있기를 기대해 본다. 아직 한 번의 출판으로 세상을 나가는 어리바리한 어린 닭장 일기가 마치 병아리가 세상에 나와 삐악거리며 어리발 대듯이 어림도 없는 속생각을 밝힌다. 병아리가 자라면 어미 닭이 된다. 어미 닭이 되도록 자라기 이전에 병아리들은 병으로 많이 죽는다. 튼튼한 어미 닭으로 자라면 암탉들은 인간에게 더없이 좋은 달걀을 선사한다. 나는 내 글이 어미 닭처럼 성장해서 독자들에게 영혼의 자양분이 될 수 있기를 바란다. 그 꿈이 실현되기를 고대하며 싹이 트고 식물이 자라서 우리에게 영양소를 제공하듯이 그리되기를 간구한다. 더없이 부끄럽지만, 작은 소망을 살짝 엿보게 내어 보인다.

북큐레이션 • 나의 이야기를 다른 이들에게 들려주고 싶은 당신을 위한 책

《닭장 일기》와 함께 읽으면 좋을 책. 내가 살아온 인생이 다른 이들에게 감동으로 찾아올 때 나만의 스토리가 빛을 발합니다.

안녕하세요 과일대통령입니다

황의석 지음 | 14,800원

1톤 트럭을 몰고 다니며 노점상으로 시작해
3,000여 명의 과일 냉장고를 지배하는 사장이 되다!

대전에서 가장 잘나가는 과일 가게 중 한 곳인 '과일대통령'. 대전 맘카페에서는 '과일대통령'을 모르는 사람이 없다. 이 책은 한 번 온 고객도 반하게 만들어 월 1억씩 버는 '과일대통령'만의 판매 전략을 공개한다. 기발한 아이디어로 사람들을 끌어모으는 것뿐만 아니라 고객에게 가장 맛있는 과일을 전하기 위해 전국 방방곡곡을 찾아다니는 과일대통령 열정을 가득 담았다. 퇴사 후 새로운 길을 찾고 있다면, 막막한 취업 시장을 뒤로하고 나만의 사업을 시작하고 싶다면, 과일대통령이 들려주는 생생한 과일 장사 이야기에서 그 답을 얻을 수 있을 것이다.

일시정지는 처음이라

정보람 지음 | 13,800원

몸과 마음의 활력을 잃은 이들에게 전하는
셀프 힐링을 위한 지침서!

코로나19로 일상의 흐름이 흐트러진 지 오래다. 하루하루가 불확실성으로 채색된 일상에서 개인들은 저마다 사회적인 거리두기와 경제적인 고충으로 고난의 긴 터널을 지나가고 있다. 우울함과 불안감이 높아지는 지금 삶의 에너지를 회복하고 마음의 안정을 취할 수 있는 방법은 없을까? 이 책은 각자가 타고난 마음의 속도를 찾아 현재의 상황을 있는 그대로 받아들이고 자기 속도대로 재충전하는 방법을 알려준다. 무엇보다 일시정지된 시간을 불안함으로 채우기보다 재충전과 자신을 돌아보는 시간으로 채우는 데 집중한다.

보이지 않는 것을 보는 힘

정광남 지음 | 13,800원

"다른 눈으로 보아야 달라진다. 세상도 그렇다"
새로운 발상으로 새로운 일상을 디자인하라!

이 책은 사소한 일상과 뻔해 보이는 세상에서 번뜩이는 통찰과 아이디어를 끄집어내는 법을 소개한다. 카피라이터로 오랫동안 일해온 저자는 107개의 길고 짧은 글에서 '1퍼센트 다르게 보는 힘'을 보여준다. 평범한 시선과 빛나는 통찰은 어떻게 다를까? 또 매끄러운 낱말과 생각 근육이 쌓인 낱말에는 어떤 차이가 있을까? 광고인 특유의 재기발랄한 발상과 반전의 묘미가 실린 글이 독자들을 웃음의 담장을 넘어 생각의 숲으로 안내한다. 카피라이터의 머릿속을 훔쳐보고, 경험과 사고의 틀을 깨고 싶은 이들에게 일독을 권한다.

두려움이 지나면 보이는 것들

김분숙 지음 | 13,000원

영어 한 마디 모르던 재봉사는 어떻게 20개국을 여행하며
글로벌 시장 개척자가 되었을까?

이 책은 평생 재봉일만 해오던 저자가 50세에 새로운 일을 시작하면서 두려움과 어려움을 딛고 결국 해외 시장 개척에 성공해 연봉 2억을 받는 성공자들의 반열에 이르기까지의 이야기를 담았다. 초등학교만 졸업한 50대가 어떻게 미국을 비롯해 중국, 일본, 타이완 등지를 돌아다니며 글로벌 시장을 개척할 수 있었을까? 저자는 무식해서 용감했던 것이, 절박해서 헤쳐나갈 수 있었던 것이 기회를 가져다주었다고 말한다. 인생의 새로운 시기에 접어들어 앞이 막막하게만 느껴지는 이들, 인생 2막, 3막을 준비하는 이들의 용기를 북돋워 주는 책이 될 것이다.